U0076144

本命，燃燒

宇佐見鈴
Rin Usami

推し、燃ゆ

本命（推し）

一般是指支持喜歡的對象或物件。
不一定是實際存在的偶像，也能是二次元的動畫或遊戲角色。
與「迷戀」、「追求」、「親衛隊」等詞彙，在語感上略為不同。
精神層面的涵義上，是粉絲生存的糧食，
也是無法取代的執著與熱情，甚至深植於生活之中。

本命，燃燒

「本命」在燃燒，聽說是毆打粉絲。

詳情還不清楚，儘管事態未明，一夜之間便在社群網站被砲轟，讓我輾轉難眠。

總覺得有不好預感的我醒來後，想說確認一下時間，打開手機一看，這件事果然在社群網站鬧得沸沸揚揚。

當我的惺忪睡眼瞧見〈真幸毆打粉絲〉這行字，瞬間恍如置身於夢中，雙腿內側頻冒冷汗。

確認過網路消息的我，只能蜷縮在被毛毯弄得暖烘烘的床上。望著逐漸炎上、愈演愈烈的情勢，心裡不斷掛念著他的現況。

『沒事吧？』

成美傳來的短訊通知，剛好遮蓋了手機桌布上本命的雙眼，猶如罪犯被蒙住了眼睛。

✽ ✽ ✽ ✽ ✽

隔天，衝進電車的成美劈頭就問了一句。

「沒事吧？」

無論是現在，還是手機訊息，成美說的都是同一句話。

看著眼前的一雙大眼與八字眉，顯得滿臉悲傷的她，心想：還真像某個表情符號啊！

我愣怔地看了她半晌，才開口回了話。

「好像很慘！」

「是喔！也是啦！」

如此回應的成美坐在我身旁，兩顆制服上衣扣子沒扣的她，散發一股止汗劑的清涼柑橘香。

我在反光到過於刺眼的手機螢幕上，以手動的方式輸入真幸的生日『０８１５』，接著隨意點開的社群網站，上面異常的熱鬧。

「應該被批得很慘吧？」

這麼說的成美也掏出手機，透明矽膠手機殼上挾著黑白照片。

「這不是拍立得嗎？」

我好奇地看著成美的手機問道。

「超棒，對吧？」

成美開心地露出貼圖似的無邪笑容，就像她換頭貼般地表情驟變，口氣明快。

我想她並非刻意假笑、做作，只是盡量單純化自己的情緒。

「拍了幾張啊？」

「十張。」

「哇！啊，少說也要一萬日圓。」

「想也知道囉！」

「便宜啦！不貴啦！」

她正在狂追的地下男偶像，還提供演唱會結束後，粉絲可以與本命拍照的服務。

成美得意地秀了好幾張拍立得給我看。

將一頭長髮編得十分漂亮的她，不是被本命從背後擁抱，就是兩人親密貼臉。

成美直到去年還追著另一個超人氣偶像團體，她曾慫恿著我。

「比起沒機會接觸到本人的檯面上偶像，不如追可以近距離接觸的地下偶像。朱里也一起來嘛！肯定會入坑哦！不但可以近距離接觸，還能私底下往來，搞不好還能交往呢！」

但是，我一點也不想跟本命近距離接觸……

我只想當個默默支持真幸的小小粉絲，只想在演唱會跟著大家一起鼓掌、歡呼，成為寫匿名信表達心意的支持者。

「他抱我時，還溫柔地撥開我垂在耳邊的頭髮，我還想說是不是沾到什麼東西……」

成美賣關子似的壓低聲音喃喃道。

「沒想到他啊，說：『好香喔！』」

接著，她眉開眼笑地揭曉了答案。

「不！會！吧！」

我刻意拉高聲調。

「所以啦！休想我吃回頭草！」

成美邊說邊將拍立得塞回手機殼。

成美直到去年還在追的偶像，某日，突然決定要出國留學，因而宣布退出演藝圈。這件事害她沮喪了三天，甚至沒去學校。

「沒錯。」

我如此附和著。

這時，電線桿的影子掃過了兩人的臉龐。

「朱里很了不起呢！還能來上學。真的很了不起！」

原本情緒超嗨的成美伸直透著粉嫩的膝蓋，口氣倏地變得沉穩。

「妳剛才說『還能來上學』？」

「嗯。」

「我一時聽成『活著很了不起』。」

「這也很了不起啊！」

成美聽了笑岔了氣，卻也表示認同。

「追星可是賭命呢！」

像是什麼「謝謝有你」、「要是沒有抽中演唱會的票，我真的會死」、「從看到你那一刻，就認定你是我老公」等等，多的是這種誇張表白的粉絲。

雖然成美和我沒資格批評別人，但我們對本命的愛，可沒那麼小裡小氣。

〔無論是你生病，還是充滿活力時，都會挺你到底！〕

這是我寫給真幸的心意。

電車靠站，蟬鳴越來越大聲。

我按下手機畫面上的寄出，耳邊驀然傳來一句贊同聲。

「讚喔！」

❀ ❀ ❀ ❀ ❀

我揹著之前去看演唱會時揹的後背包，裡頭原封不動地裝著筆記感想用的活頁紙與筆。

古文課是和旁邊同學共用課本，數學課則是向別班同學借課本。而沒帶泳衣就來上游泳課的我，正站在泳池畔。

我總覺得溢到磁磚上的水有些黏滑，但其實只要跳進泳池內就不會那麼在意了。

然而，這種黏滑感並不是污垢，或是防曬乳液，而是更抽象的東西……像是肉類般的東西在水裡溶解。

水湧至參觀者腳邊，另一位參觀者是隔壁班的，身穿夏季制服。罩著一件長袖連帽薄外套的她，走到泳池邊，分發浮板。

那群穿著濕漉漉黑色泳衣的女孩，果然看起來頗黏滑。每次一撥水，雙腳就會散發強烈白光。

她們扶著銀色扶手，從粗糙的黃色泳池邊緣上來的模樣，不禁讓人聯想到，拖著笨重身軀爬上舞臺、在水族館表演的海驢、海豚以及虎鯨。

女孩們逐一拿走我手上的浮板，並向我道謝。從她們的雙頰、胳膊滴落的水，瞬間將淺色浮板染成深色。

肉體好沉重，撥水的雙腳也是，每個月內膜剝落的子宮，也十分地沉重。

在老師群中實力最出色又年輕的京子，用雙手當作雙腳，一邊摩擦一邊教導大家從大腿開始連動的基本動作。

不時會看到那種只有腳尖啪嗒啪嗒動個不停的傢伙，其實這麼做只是徒耗體力罷了。

京子也負責教授健康與護理這門課程。拜她那開朗聲音之賜，當說明卵子、海綿體之類的詞彙時，聽起來不會顯得那麼尷尬。

不過，要教導這群不太受控的生物，不啻是個重責。

就像起床時，床單會皺；只要活著，人生就會皺巴巴。和別人交談時，面部肌肉上揚。身體髒了，要洗澡；指甲長了，要修剪。

為了達到最低限度，即使竭盡全力也無法達標。因為總是在還沒達到最低限度之前，意識與肉體便分離。

當我在保健室休息時，被勸說要到醫院做檢查，說是疑似罹患兩種疾病。

只要吃藥就覺得不舒服，好幾次預約都爽約的情況下，就連去醫院都感到麻煩。

知道自己患的是什麼病之後，確實一度感到輕鬆，卻也覺得自己愈來愈無力，有種難以言喻的垂墜感。

只有追星時，才能逃離這股沉重。

❀ ❀ ❀ ❀ ❀

四歲的我，有著人生最初的記憶。

我仰望著當時才十二歲的本命，一身綠色的裝扮飾演著小飛俠彼得潘。

說我的人生是從吊鋼絲的他，瞬間從我頭頂飛過開始也不為過。

雖說如此，我卻是自那之後隔了好長一段時間，才開始追星的。

剛升上高中，我沒參加五月體育大會的排練。

我躺在床上，手腳探出毛毯外，許久未修剪的腳趾甲還殘留著浮躁的疲憊感。隱約聽見外頭傳來投接球聲音，每次一聽到，意識就會浮現一點五公分。

為了應付排練，兩天前就洗好的體育服不見了。

早上六點，穿著襯衫的我在房間東翻西找，卻始終找不到，只好逃避現實繼續蒙頭大睡，直到中午才起床。

無奈現實沒有任何改變。

幾乎快被掀翻的房間裡，東西四散得有如我打工那家餐館廚房的洗滌槽，讓人一點也不想動手整理。

我伸手探向床底下，摸到一片蒙塵的綠色DVD，是小時候看的舞台劇〈小飛俠彼得潘〉。

DVD被吸入機器後，螢幕隨即出現彩色片名，但可能是有刮傷吧，畫面不時出現干擾線條。

最先感受到的是一陣痛楚，像是瞬間有什麼東西侵入體內的刺痛感，接著是類似遭推撞時，感受到的衝擊感。

少年攀著窗框潛入屋內，當穿著短靴的腳尖踏進房間時，他身子稍稍失衡了一下，我的心臟彷彿被那小小鞋尖給刺穿了。

他輕而易舉地踹了我一腳，至今仍清楚記得這般痛楚。

對於當時還是高一生的我來說，花了很長一段時間，才讓肉體漸漸佔滿，並熟悉這種痛感。

它也成了不時會想起似的一種早已麻痺的存在，就像光是跌倒就會流淚的四歲那時般的疼痛。

當那痛楚從一點倏地擴散開來的肉體，逐漸尋回感覺時，畫質粗糙的影像便成了充滿色彩與光亮的鮮明世界。

只見小小綠色身軀奔向躺在床上的女孩，輕拍、搖晃她的肩，冷不防響起可愛又清爽的一聲：「喂！」

啊，是彼得潘！錯不了，就是那天飛過我頭頂的男孩。

彼得潘睜著閃耀生輝的傲慢雙眼，每次都氣勢洶洶在控訴什麼似的喊出台詞，而且不管哪一句台詞都是同樣的表現手法，一陳不變的動作也很誇張。

然而，他那吸氣、努力吼出聲音的模樣，不由得也讓我也跟著吸氣、大口吐氣，感覺自己和他融為一體。

每當他在舞台上奔來走去時，我那缺乏運動的蒼白雙腿內側就會跟著痙攣。看著哭喊著影子被狗啃得四分五裂的他，我也感染這般悲傷好想緊緊地抱住他。

開始找回柔軟感的心臟用力地擠出血液，一波波血液讓熱能循環至全身。無法發散體外的熱能，則囤積在緊握的雙手與屈膝的大腿。

他忘情地揮著細長的劍，不停被追趕。每當對手的武器掠過他的側腹，便讓人有種臟器仿似被刀刃刺穿的恐懼。在船首將船長打落海裡的他抬頭時，那失了稚氣的冷漠視線，讓人不禁背脊發涼。

「哇喔！」

我不由得驚呼。

不會吧？有夠嗆的！腦中迸出這些驚嘆。

要是這孩子的話，確實有可能砍了船長的手，餵鱷魚吧！

「不會吧？有夠嗆！」

慶幸這時只有我一個人在家，才能如此高喊。

「好想去夢幻島喔！」

情緒頗嗨的我冷不防脫口而出，這才發現自己還真入戲。

——我才不想變成大人！

彼得潘在劇中說了好幾次，不管是準備出發冒險，還是冒險歸來，甚至帶溫蒂一行人回家時也說過。

我像是要敲開什麼似的深深咀嚼著這句話，用自己最深沉之處聆聽著這句話。以往漫不經心聽聞的言詞，有了新的排列組合。

——我才不想變成大人！我想去夢幻島！

頓覺鼻頭熱熱的，總覺得這句話是說給自己聽，深感共鳴的喉嚨發出微弱嗚噎聲，眼角也熱熱的。

少年紅紅嘴裡吐出的話，像是要從我的喉嚨牽引出同一句話語。

——就算覺得成為身負重責的大人這件事很辛苦，那也沒關係哦！

奪眶的淚水取代了言語，感覺有人堅定地對我如此說道。

有個抱持同樣煩惱的人影，藉由他那小小身軀迸了出來。我和站在另一頭的他相繫著，與不少人相繫著。

站在舞臺上的彼得潘飛了起來，金粉從他的雙手灑落。

當年四歲的我觀劇完後，學彼得潘蹬了一腳，頓時跳起來的感覺彷彿又回來了。

記得爺爺奶奶家的車庫，每到夏天就會瀰漫著一股茂密魚腥草獨特的刺鼻味。

我將在雜貨店買到的金色妖精粉遍撒全身，然後開心地連續蹦跳三、四次。兒時不管去哪裡都會穿著那種鞋底一觸地，就會發出聲音的鞋子。

倒也不是想飛翔，只是靜靜等待聲音與聲音的間距逐漸拉長，直到再也聽不見的那刻，我究竟身處何方？

著地之前，我變得身輕如燕。而現在只穿著內衣和襯衫、站在電視機前的我，也有這般輕盈感。

〈上野真幸〉一時衝動購入的盒子上頭，印著這幾個圓形字體。

我上網搜尋，出現了在電視節目中看過好幾次的那張臉。

是喔！原來是這個人啊！

一派的沉穩風采，促使我轉緊總是慢半拍的生理時鐘，趕緊付諸行動。

雖然遍尋不著體育服，還是告訴自己要設法貫徹強固意志。

活躍於演藝圈的上野真幸，是偶像團體〈真樣座〉的成員。看著他現在的宣傳照，過往那個十二歲小男孩的豐腴雙頰明顯消瘦，成了氣質沉穩的青年。

看了他所參與的演唱會、電影，還有電視節目，雖然聲音和體態完全都不一樣了，但眼底瞬間流露出睥睨什麼似的眼神，仍舊與幼時無異。

看著那神情，想起自己似乎也在斜睨著什麼，感覺體內深處噴發一股無法分辨正負的龐大能量，想起了「活著」這檔事。

❀❀❀❀❀

從下午一點出現在影片裡的本命身上，也窺伺得到這氣息。上完游泳課，肩上掛著濕毛巾的學生，身上飄散出氯氣味。午休時，教室傳來拉開椅子的聲音，還有小跑步奔過走廊的聲響。

坐在從前面數來第二排的我塞好耳機，察覺在這片不完全的沉默中，自己內心的緊繃感。

影片從本命步出經紀公司那一刻開始拍攝，沐浴在鎂光燈下的他看起來相當疲憊。

「可以對大家說幾句話嗎？」

有人將麥克風遞向他。

遲早會失去生存價值」出發點來思考。當本命
聞時，將其視為生存價值的人，該怎麼辦呢
感受到值得創作的要素。

**Q「本命」、「尊」都是近年才出現的名詞
絲」有什麼不同呢？**

A **宇佐見老師：**粉絲是支持明星或藝人
親衛隊應該也是如此。然而，「本命
推薦的那個人，主要在偶像世界或
而支持他們的行為，就稱為「推
名詞的獨特之處，在於潛藏其中
義，也就是具備明確的「我和
好壞之分，卻給人很強勢的印
儘管如此，「推本命」的方
視為興趣，藉由本命來滋
生，將本命視為生存意義
些人，因此，想試著將他

給深感生活艱難的全世代——

世代，話題騷然，多彩且強韌的衝擊作品！

不是逃避，也並非依存，本命，是我的脊柱！

是，有時候看到「啊，讀者懂我的用心」的留言時，就會覺得很開心，在這一瞬間就會覺得幸好寫出來了。我並非作為一個作家，而是以一個人來感受這份喜悅。

Q 成為史上第三年輕的芥川賞得主，您是如何看待這件事情呢？

A 宇佐見老師：非常感謝能獲得芥川賞這個殊榮，我真的非常開心。不過，占據我想法的並不是年齡，而是「沒有時間」這份情緒。

我所尊敬的中上健次老師於29寫出《岬》，村上龍老師則在23寫出《接近無限透明的藍》。然而，我現在的作品卻望塵莫及，所以難免感到焦慮，認為自己只是徒增年紀而已。正因如此，第二部作品也傾盡全力，卯足了勁在寫。

「是。」

「你有對女粉絲動手嗎？」

「是。」

「為什麼會發生這種事？」

判別不出究竟是回應還是附和的淡然態度，卻透著些許猖狂。

「當事人之間會解決，造成大家的困擾，真的很抱歉！」

「有向對方賠罪嗎？」

「有。」

「會影響你今後的演藝活動嗎？」

「還不清楚，目前正在和經紀公司以及其他成員磋商。」

回答完記者的犀利責問後，他正打算同工作人員離開時……

「你真的有反省嗎？」

從準備上車的本命身後傳來記者的怒吼聲。

我瞧見他回眸的瞬間，神情流露出強烈情感。

「嗯！」

他簡單的回應後，轉身進入車身映著攝影器材與一大群人的黑色車子，隨即揚長而去。

〔什麼態度啊！〕

〔希望你徹底反省後再回歸！我會永遠支持真幸！〕

〔明明犯錯，態度還那麼傲慢！〕

〔真是有夠不成熟的。其實好好說明就行啊！〕

〔之前去看了好幾次演唱會，絕對不再去了。〕

〔反過來指責受害女粉絲的偶像，還是正常人嗎？〕

在一堆應該是粉絲留言的留言欄最上方，竄出一則留言——

︹覺得他是家暴男的人，請按讚↓↓↓︺

我看完留言後，在活頁紙上隨手做了筆記。

記得本命曾在粉絲俱樂部的會刊專訪上提到，他不喜歡把「是啊」、「大概」、「總之」之類字眼掛在嘴邊。

剛剛那樣的回答，應該是被經紀公司特別交代的吧！

無論是廣播還是電視，只要是關於真幸的報導，我都會十分仔細地珍藏。

房間裡堆了超過二十本相關報導的收藏檔案。CD、DVD和寫真集一定買三份，分別是保存用、觀賞用與出借用。還會錄下他參與演出的節目，反覆刷個好幾遍。

一切的一切，只為了解讀他，並將解讀到的發表在部落格上。

看著瀏覽人次不斷上升，按讚、留言數也漸增，甚至出現留言〔我是朱里小姐部落格的粉絲。〕期待內容更新的同好。

追星族也分好幾種——有信奉本命一切言行的人；也有人批評無法分辨是非的傢伙，根本是粉絲失格。有那種超愛本命，卻對他的作品絲毫不感興趣的人。也有人其實沒那麼愛本命，卻很積極回應貼文。當然也有那種只喜歡本命演出的作品，但對於一切緋聞敬謝不敏的人。不然就是為愛砸錢不手軟，或是喜歡和同好交流的人。

我的態度則是持續完全解析「本命」的作品以及這個人，想看看他眼中的世界。

忘了從何時開始這麼想的我，回顧自己的部落格才發現，原來是去年初次看了〈真樣座〉演唱會之後，過了一個月才萌生的想法。

好比聽完他上的廣播節目後，我會馬上提筆寫下感想文。

畢竟有些是特定地區才收聽得到的節目，堪稱絕佳素材，所以這類文章的瀏覽數在我的部落格，高居第五名左右。

@akari_masaki

大家好，昨天「本命」上廣播節目哦！

雖然是可喜可賀的事，無奈只限神奈川縣一帶才能收聽。為了讓無法收聽的人也能同樂，我記下自己印象深刻的部分發文。

以下是他被問到「可以聊聊當初進入演藝圈的情形嗎？」這問題時的回答。紅字是主持人今村先生，藍字是「本命」。

「不全然是美好回憶呢！」

「所以才讓人好奇啊！來聊聊吧！」

「我記得很清楚……五歲生日那天，我媽突然告訴我：『從今天開始要上電視演出囉！』接著，我被帶到有著藍天、白雲和淡淡彩虹的一處布景，那像是夢境的昏暗攝影棚，好多大人在裡頭跑來跑去。我媽穿著千鳥格紋連身洋裝，站在黑漆漆攝影器材後頭，像這樣……手舉到胸口，朝我揮了揮。明明只隔了五公尺遠，卻有種說『再見』的感覺，讓我超想哭。那時，穿著熊玩偶裝的工作人員，還朝我做這動作，你懂嗎？」

「喔喔！超人力霸王*1使出必殺技的動作，是吧？不過因為是廣播節目，聽眾看不到動作啦！」

「也是啦（笑）！然後啊，熊人偶一邊做這動作，一邊睜著又圓又黑的眼睛俯視我，原本想哭的我不由得笑了出來。因為反射在熊人偶黑眼珠上的笑容太好看了，所以他每次都會做這動作逗我笑。那時我就領悟到一件事——就算是硬擠出笑容，也不會被發現啊！好像也沒人察覺到我有這樣的想法吧！」

「那時你五歲？」

「是的，五歲。」

「還真是個小大人啊（笑）！」

「有時會收到這樣的粉絲來信，說自己從什麼時候開始喜歡我，從幾年前開始成為我的粉絲。總之，都是在寫自己的事。很開心收到粉絲來信啦！但該怎麼說

＊注1：超人力霸王（ウルトラマン），來自M78星雲宇宙警備隊的宇宙人，使出必殺技時會喊出的經典台詞。是由日本圓谷株式會社製作的特攝電視影集。

呢……總覺得，心靈層面還是有距離感吧！」

「這是理所當然的，就算是粉絲也不可能每分每秒只關注著你。」

「我也不是要求身邊的人都要理解我啦！只是覺得不管和誰聊，都有一種『啊，這傢伙明明聽不懂我在說什麼，還點頭』的感覺。」

「咦，難不成你也是這麼看我嗎（笑）？」

「不是啦！嗯……怎麼說呢？因為今村先生時常很輕易就稱讚人。」

「好過分喔！我都是真心讚美的（笑）。」

「對不起、對不起啦（笑）！不過啊，或許就是因為這樣，才讓我有靈感創作歌詞吧！想說，也許有那麼一個人懂我，能看到我不為人知的一面。畢竟要是不這樣，很難站上舞台堅持下去。」

我想，心痛就是這種感覺吧！

記得之前在部落格寫過，第一次注意到本命，那時他才十二歲，對於他童星時期的點點滴滴，特別感興趣。

魅力十足的他，同時也有一種拒人於千里之外的疏離感，一副「沒人懂我」似的。

因此，我想瞧瞧本命感受到的世界，他眼中的世界。

只是不曉得要花上多少年？也許是一輩子吧！

總之，我覺得他有著讓人想這麼做的魅力。

@akari_masaki ——

追星資歷才一年的我，在短期間內，竭盡全力蒐集本命二十年來星路歷程的龐大情報，足以讓我在粉絲見面會上大膽預測他的回答。

即便舞臺遠到肉眼根本看不清容貌，光憑登臺氣勢，我立刻就能知道是他無誤。

就連〈真樣座〉成員之一的美奈姐，也曾開玩笑地在本命的粉專上自言自語。

〔怎麼感覺口氣和平常不太一樣？一點也不像真幸……〕

〔啊～被發現了！想說模仿他一下呢！（笑）〕

我立刻俏皮地回應，之後還收到美奈姐的回覆。

基本上，能夠收到成員的回應，是很稀奇的事。現在想想，也許就是這件事讓我成為出了名的「真幸鐵粉」。

其實，本命有時會露出令人意想不到的表情，讓我驚覺原來他還有這一面啊！進而猜想著他最近是不是遇到什麼事？一旦發現什麼就會寫在部落格上。

這純粹只是個人看法，頗腦補就是了。

不過，這次事件卻是例外。

就我所知，本命並非沉穩之人，有著不容他人侵犯的聖域，但他會將湧現的情感拚命往眼底壓制。

然而，他那模樣看起來實在很痛苦，根本模仿不來，況且要是無法拋卻我執，也很難做到。

因此，難以想像曾經公開提到會和人保持一定距離的他，究竟是聽到多麼不堪入耳的話，才會氣得對粉絲動粗。

實在很無言……

我和社群網站上大多數粉絲想的一樣，不曉得到底要生氣？包庇？還是瞅著那些情緒高漲的傢伙們，感嘆不已呢？

雖然還沒理出個頭緒，卻能清楚感受壓迫在心窩的不舒服感。

總之，我決定今後繼續支持本命。

意識被上課鐘聲拉回到現實，驀然察覺到後頸一帶涼涼的，伸手一摸，原來是汗水。

我比教室裡那些午休時間結束後一邊回座，一邊嚷嚷好熱的人，更早察覺自己的上衣內側積存著熱氣。就在我這麼思忖時，教室門猛然被開啟。

平常都是淺咖啡色西裝搭配花色鮮豔領帶的地理老師只野，今天倒是一反常態，穿著襯衫搭配西裝褲。

「現在可是大力推行清涼商務裝啊！好了，準備上課。」

他一邊快嘴地說著，一邊分發講義。

坐我前面的男生拿著講義在我頭上揮了揮，我連忙接手抽了一張往後傳。

完全無法專心上課的我，瞧著時常出現在講義上的手寫字，心想：要是這是真幸寫的字就好了。

自從加入粉絲俱樂部，每逢元旦、聖誕節都會收到印著本命手寫字的祝賀卡片。

如果裁切、拼貼卡片上的字，或許能將講義上的手寫字變成「上野真幸字體」。這麼一來，讀書會更帶勁吧！我滿腦子想著這件事，思索要是沒有相對應的文字，又該如何製作？

這時，只野拿著粉筆寫字的手倏忽停住，前端崩落的白粉掉在黑板的凹槽內。

「啊，對了！今天要交報告，對吧？大家應該都寫好了吧？」

只野丟了一顆震撼彈。

剎時宛如蟬鳴入耳般騷然，彷彿在我沉重腦子裡產下無數卵，然後羽化似的開始鳴叫。

人家正在抄寫筆記啊！我不由得在心裡驚呼。

再怎麼努力寫筆記，只要忘了帶報告，就會讓這件事變得一點意義也沒有。

「好了，大家交上來吧！」

隨著只野這麼一句話，大家紛紛站了起來，我依舊坐著。

就在這時，坐我前面的男生起身走向站在講臺上的只野。

「對不起，我忘了帶報告。」

男生如此說完，立刻引起眾人竊笑。

「對不起，我也忘了。」

我連忙跟進說道，卻沒被嘲笑。

看來自己要變成別人眼中「耍白癡的咖」、「故意遲交作業的傢伙」，還少了些裝瘋賣傻的感覺。

放學時，我從抽屜抽出一本數學課本，不禁嚇了一跳。

記得小優說第五節是數學課，所以我答應午休時要拿去還她。就算現在奔去隔壁班，她應該已經走了。

我趕緊傳訊息給小優。

『對不起，忘了還妳課本。妳明明提醒我第五節是數學課，肯定十分傷腦筋吧？真的很對不起啦！』

一邊輸入字的我，心想：真的沒臉見她了。

「朱里，記得補一張診斷證明書給我喔！」

就在我拐彎時，被偶然經過的保健室老師喚住，只要是保健室常客都會被她直接叫名字。

老師總是將一頭捲髮紮成馬尾，垂掛在衣領外，夏天的白衣眩目得好刺眼。

我將活頁紙摺成四等分，用鉛筆寫上「數學課本、診斷證明書」。接著思索片刻後，又再加上「地理報告」還有「成美的小折」、「畢旅費用」、「手錶」等。

就在我有如鉛筆般站在走廊正中央寫字時，突然眼皮微跳，挾在腋下的後背包猝然滑落。

從走廊窗戶灑落的陽光更加濃烈，西沉夕陽燒灼著我的雙頰。

@akari_masaki——————

大家好，好久不見了。
自從發生那件事以來，隔了一段時間沒發文，想說重新營業。
順道一提，因為這篇貼文只限追蹤我的人可以點閱，所以請不要隨意轉發或分享喔！
雖然我們是真幸粉，但我想那件事對於所有〈真樣座〉的粉絲來說，都是一大衝擊吧！
雖說有人親眼目睹，但社群網站上各種批判聲浪，真是讓人無言，就是有人喜歡四處煽風點火。
想說貼些本命以前的發言和照片，幫忙平反，結果反而成了新火種。

甚至傳出他和曾公開表明彼此是心靈相契夥伴的明仁失和，還說他就讀老家的姬路高中時，曾霸凌同學。

本命就讀東京的高中，而且是函授制，所以幾乎沒到校上課，卻還傳出這種謠言，實在令人傻眼。

他曾在電視綜藝節目說，自己覺得批評也是一種精神食糧，於是上網自搜了一番。

我想不少人都知道，本命在某個討論區被叫做「可燃垃圾」。想到那種字眼映入他眼裡，我就焦慮到不行，卻也只能咬指想像這一幕。

我還是好想在演唱會上，高舉代表本命的藍色手燈，與他同樂。

雖然現在時機敏感，恐怕很難，但至少不想讓他在下次人氣投票輸得太難看。

所以身為真幸粉絲的我們一起加油吧！

@akari_masaki——————

我暈車了！

來自額頭內側、右眼與左眼深處不斷湧現的噁心感，完全揮之不去，也副不出來。

「可以打開窗戶嗎？」

我難受地問道。

「不行！」

媽媽的強硬回答，讓我察覺滴落在窗上的雨滴。

「妳在寫什麼啊？」

身旁同樣隨著車子搖晃的姊姊，整個人一副虛脫的模樣。

「部落格。」

「寫妳的『本命』嗎？」

我以鼻息聲代替回應，感覺到空空的胃緊縮著。

「可以看嗎？」

「有追蹤我的人才能看。」

「是喔！」

姊姊有時會批評我的迷妹行為。

「怎麼會喜歡這一型啊？」

她一臉不解。

「原來妳喜歡鹽臉男啊！明仁的五官深邃多了。而且論歌唱實力也是瀨名比較好吧？」

這是什麼白癡問題，哪來什麼理由，我就是喜歡他啊！

那張臉、舞蹈、歌聲、說話的口吻、個性、一舉一動，只要是關於本命的一切，我都喜歡。

人家說，要是憎惡和尚，就連他身上穿的袈裟都感到討厭；相反的，要是喜歡上和尚，就連他袈裟的綻線都會愛不釋手。我想，就是這般心態吧！

「什麼時候要還我錢？」

懶得聽我辯解的姊姊話題一轉。

「啊，對不起！」

我也敷衍地回應。

之前買周邊商品時，請她幫忙代墊。

「等我領薪水就還妳啦！對了，之後的人氣投票也拜託囉！」

聽我這麼說，她又嫌煩似的鼻哼一聲。

「他的人氣肯定大受影響吧！」

「這個嘛……要看不是鐵粉的比例有多少，不是嗎？」

我遲疑地說道。

「死忠度，是吧？」

「我想，看了〈Stay Love〉才變成粉的人，應該會棄守吧！」

因為看了浪漫愛情電影〈Stay Love〉而迷上他的粉絲暴增，雖然本命並非主演，卻憑著耿直又呆萌的後輩一角擄獲不少人的心，也成了這次醜聞事件的一大殺傷力。

母親突然用力按了方向盤中間好幾下，響起短促的喇叭聲。

「太危險了吧！」

她忿忿地壓低聲音抱怨對向來車不守交通規矩。

姊姊像是被母親指責似的悄悄倒抽一口氣，然後講些不著邊際的話揣測母親心情。

每次都這樣，一旦發生什麼不愉快的事，相較於母親的沉默不語，姊姊則是開始饒舌。

聽說，以前反對我們一家人跟隨父親調職、定居海外的人，就是外婆。她數落著我們怎麼忍心拋下丈夫先走一步的孤獨老人，實在太不孝了。於是，我們只好留在日本。

因此，母親總是心懷怨恨地埋怨著外婆。

姊姊粗魯翻找醫院附設商店的塑膠袋，啪的一聲扭開茶飲瓶蓋。她喝了一口，瞄一眼成分標示，又啜了一口。

嘴裡含著茶飲皺眉的姊姊，先是做了個問我要不要喝的動作。

「……要喝嗎？」

她打完嗝後才開口問我。

「喔，嗯！」

我一邊回應，一邊接過飲料。

結果因為車子搖晃，牙齒抵著瓶口，飲料從下方流出，液體像要撫慰空胃似的流入。

當我聽到外婆兩年前接受胃造瘻手術，也就是針對無法自行吞嚥食物的人，在其胃部直接開一個小洞，再用灌食管輸入營養時，實在完全無法想像。

由於病房禁止飲食，所以中午去探病的我們還沒吃午餐。

飽受暈車之苦的我，覺得盯著手機螢幕實在太痛苦，決定用耳機聽歌。

我選的是醜聞爆發前，人氣投票第一名，一手包辦詞曲創作的本命個人單曲〈溫蒂妮的謊言〉。

用吉他撥奏令人印象深刻的開頭旋律，停一拍後，以嘶啞嗓音唱出「水平線——」，讓我頓覺肩膀一帶熱熱的。

相較於近來偏重電子樂風格的曲子，這首顯得純粹多了，還有一抹哀愁感。

當初推出〈水平線浸透虎牙〉這首歌時，有些把本命視為男友的粉絲，拚命在網路上搜尋有虎牙的女生。

我睜開眼。雨水在天空與海的交界處起了一陣灰煙，宛如黏著在海邊的一戶戶人家深鎖烏雲中。

一旦接觸本命的世界，眼裡的一切也會變得不一樣。

看著我那映在車窗上，藏在昏暗又溫暖口中的乾燥舌頭，不發出聲地哼著歌詞。

這麼一來，有種耳朵聆聽的本命歌聲，彷彿從我的雙脣流洩出來的錯覺。

我的聲音和他的聲音重疊，我的眼睛和他的眼睛重疊。

母親切換方向盤，雨刷擺動的範圍外，雨水垂掛在車窗上。隨著噠噠噠的規律聲，濕漉漉車窗玻璃又是一片霧茫茫，成排樹木失了輪廓，只看得到鮮豔的綠色。

暈車的痛苦在返家時，總算消解了。

「寄給妳的啦！山下朱里小姐收。」

我接過姊姊遞給我的包裹，回到房間小心翼翼地拆開裝著約莫十張CD的郵包，並取出投票單。

二千日圓一張的CD附一張投票單，我一口氣買了十五張。

投票結果，決定下一張專輯的擔綱比例，以及站的位置。五人當中得票數最高者，還能得到一段比較長時間的獨唱機會。而且每購買十張，還能和喜歡的成員握手，真是一大福利啊！

我看著印在投票單上的序號，從齋藤明仁、上野真幸、立花美冬、岡野美奈、瀨名徹的名單中，圈選藍字的上野真幸。

瞄了一下部落格，發現瀏覽人次增加數比往常少，這才想起可能是設成限定公開的緣故，而且清一色都是擔心我的留言。

〔妳還好嗎？〕

〔等妳更新哦！〕

……等等。

或許是因為自從那起醜聞在社群網站鬧得沸沸揚揚，我就比較少貼文的關係吧！

我逐一回覆小貴、虛無僧、明仁的小鴨（通稱小鴨）、黑糖喉糖的留言，然後回了一長串文字給同為真幸粉的芋虫。

她有好幾個帳號，像是〈空腹芋虫〉、〈芋虫生日會〉、〈芋虫@傷心中〉等，總是變換著用。

今天是薩摩芋與蚰蜒圖像符號的組合。

〈朱里～！妳總算出現啦啦啦！因為妳最近都沒更新，人家沒新消息可以啃，都快寂寞死了。只好一直重看之前的貼文。那個拚命回擊毒舌留言的犯人，就是我，對不起啦！（笑）。對妳的貼文超有感的！就算再怎麼擔心、不安，也不要被那些無聊謠言耍弄喔～～～。朱里的這番話，讓我好安心唷！朱里的文字，怎麼說呢？讓人覺得妳很成熟，是個溫柔又聰明的姐姐。我會一直期待妳

的貼文！雖然最近真幸的人氣下滑，但此刻就是要展現我們鐵粉的決心，是吧？一起加油！〉

〈謝謝芋虫的留言。讓妳久等了，不好意思呦！不過，我真的好開心喔（笑）！沒有啦，我一點也不成熟……是啊，雖然發生很多事，但我們一起加油！〉

芋虫的字裡行間透露著可愛與霸氣。不太清楚她的年紀、就讀的學校、住在哪裡。

其實無論是她還是其他人，我們之間僅靠著同樣都是真幸粉與〈真樣座〉粉這一點，聯繫著彼此。

即便如此，我們一早起來會互相打招呼。週一早上邊發牢騷，邊上班、上學；週五在名為〈寵愛本命無極限同好會〉粉專，盡情秀出自己最愛的本命帥照。

﹁好可愛喔！﹂

﹁帥到我都暈了。﹂

大家會一起興奮地七嘴八舌地討論著，就這樣直到深更半夜。

透過螢幕感受彼此的生活，成為親密的存在。

如同我在這裡給人沉穩、成熟印象，搞不好大家和現實中的自己也有些不同。

縱然如此，這個與半虛擬自己有關的世界，是如此溫柔。

大家毫不掩飾對本命的愛，而這份愛也深入彼此生活。

﹁去洗澡囉～～﹂

﹁加油！本命在等你喔！﹂

﹁超讚啦！我要去！﹂

﹁班會辦歌唱大賽，我就給他唱本命的單曲。﹂

〔如何？很讚吧？〕

〔就是個很廢的陰沉角色，超無言。〕

〔勇者。〕

〔別哭喔！〕

本命有朝一日決定引退、畢業，或是因為被扒到醜聞突然下臺一鞠躬，抑或是哪個成員突然去了另一個世界、失蹤等，都是非常有可能會發生的事。

想像揮別本命的同時，也是與這些人說再見的時候，畢竟我們是透過追星維繫著關係，本命沒了也只能鳥獸散。

雖然也有像成美這樣中途變節的粉絲，但至少我從未有過「一旦本命淡出，便另覓新歡」的念頭。

我的本命永遠是上野真幸，只有他能驅使我，呼喚我，包容我。

❀ ❀ ❀ ❀ ❀

每次一推出新歌，我就會將他們的CD擺放出來，也就是粉絲之間俗稱的「祭壇」。

房間裡四散著隨手一扔的衣服，還有不知何時擱著也搞不清楚裡面裝些什麼的保特瓶，不然就是倒放的課本，與夾在書裡的講義散落一地。

不過，拜碧綠色窗簾與深藍色玻璃燈之賜，流洩進來的光線與風，總是染上藍色。

偶像一般都有自己的代表色，好比活動現場加油時的手燈顏色，以及各成員的周邊商品顏色。

因為真幸的代表色是藍色，所以我的生活也要徹底藍化，只要沉浸在藍色調的空間，便覺得安心。

通常走進一個人的房間，就能從擺飾一窺主人的喜好，好比十字架擺飾、佛像等。

我的房間書架最上層擺著一幀大型簽名照，彷彿從那裡蔓延開來似的，用深藍色、藍色、水藍色、碧色等，藍度深淺不同的各種畫框裱褙的海報與照片掛滿整面牆。

架子上擺滿ＤＶＤ、ＣＤ和雜誌，演唱會手冊依年代排列，早期的雜誌則是像地層般堆疊著。

一旦推出新歌，就會將原本擺在最上層的ＣＤ收進下一層，換上新專輯。

我凡事愛鑽牛角尖，常常搞得自己心煩意亂，實在無法像別人那樣活得悠然自在，懂得適時放鬆。

不過，追星一事，絕對是我的生活重心，也只有這檔事無可撼動、非常明確。

該說是生活重心？還是內心的脊柱呢？

上課、社團活動、打工，然後用打工賺來的錢和朋友去看電影、吃飯、買衣服。一般人都是這麼過活吧，懂得讓人生更加多彩多姿，既充實又豐富。

我卻反其道而行，像個苦行僧似的把麻煩、痛苦往脊柱攬。被無謂事物削磨，僅剩下脊柱。

『朱里！已經提醒過妳，記得把暑假班表給我喔！』

收到幸代姐傳來的簡訊，發懶躺著的我打開排班用的APP。

基本上，本命的活動行程，就是我排班的基準。

希望人氣投票結果發表當天能夠早一點下班，還要避開投票後的握手會這一天，參加完握手會後，想休息一大沉浸餘韻中，接著去買CD，三月還有演唱會。

可想而知，要是按表操課的話，額外花費相當可觀，因此打工天數也得儘量排到上限才行。

去年本命演出舞臺劇時也是，一想到欣賞完後再也看不到這角色就覺得好落寞，所以很想要再看一次，結果一回神，發現自己排了好幾次隊買票。

除了收錄訪談的節目手冊非買不可之外，還有為了預習而買了原作。由於不想帶著先入為主的想法去看劇，所以第一天看完劇之後才拜讀原作，卻又想買另一個以舞臺概念來設計的書封版本。

購入了一堆周邊商品後，想說照片有喜歡的才買就行了。沒想到瞧見貼在鑲板上的樣本，分別是文質彬彬的他、身穿浴衣造型的他，還有一張性感到令人噴鼻血，不由得乍然轉念，實在讓人無法不把它們全都帶回家。

即便DVD收錄同樣場景，影像構圖也是一樣，卻還是難敵照片那種瞬間吸睛的效果。總覺得要是錯過這次，就怕日後買不到。

「我要這三張。」

當我迸出這句話時，一旁女人也說了同樣的話。

我想毫無疏漏地接住本命發出的訊息、呼吸與視線。我想留住、記住坐在觀眾席時，體驗到的滿滿感動。

基於這些理由，我努力想珍藏這些的照片、DVD和周邊商品。

——或許會被批評，偶像跟人家演什麼戲啊！事實上發布消息時，網路上確實罵聲不斷……

節目手冊有這麼一段訪談。

但知道如何表現自我存在感的偶像，可一點也不輸專業演員。這個抱持比誰都頑固、潔癖的生存之道，且不斷逼迫著自己的角色，與本命自身十分相似，因此獲得不少舞臺劇迷的讚賞。

因為打工賺來的錢實在不夠追星用，結果我提交希望幾乎每天上工的班表。當然，這種事不能在學校嚷嚷，這樣才能卯起來追星。一想到可以盡情追星的暑假即將開始，就覺得這般樸質快樂，才是我的幸福。

被本命聲音喚醒的我依慣例先上網，察看部落格，發現通知有人點讚之前的貼文，結果一點開，整個人冷不防跳了起來。

@akari_masaki

大家過得如何呢？

我啊，已經買了。

就是那個〈真人發聲★令人臉紅心跳〉的鬧鐘。

真是直白到讓人頗尷尬的商品名稱。

而印著真幸酷酷笑容的鐘面，還有長針與短針前端的小裝飾等，諸如此類的設計也實在讓人很難讚好。

還不如那種印著團名標誌的原子筆或化妝包，低調一點的周邊商品。

雖然這款鬧鐘被砲轟是完美集結「又貴、又俗氣、實在不敢讓別人看到」等三大缺點的周邊商品，粉絲們還是很買單。

邊發牢騷邊花了八千八百日圓，咬牙買了這個好貴的鬧鐘。雖然這行為真的很不理智，仍然心甘情願奉上荷包君。

這款鬧鐘從發售當時就被批得很慘，卻意外好用。

怎麼說呢？真幸一早在耳邊對你說早安，所以醒來最先聽到的，就是真幸的聲音啊！

「鈴鈴鈴～早安，起床囉！鈴鈴鈴～早安，起床囉！」

而且按下一掃朦朧睡意的水藍色鬧鐘時，還會迸出一句：「很棒喔！今天也要加油呦！」

讓人無法不努力，不是嗎？

雖說如此甜味十足的話語聽來有些彆扭，但想像酷酷的真幸在錄音時會露出什麼樣的表情，便忍不住笑意。

好可愛，多惹人憐啊！

不管今天有多冷，光是這樣就能讓我變得輕盈，積存的疲倦感彷彿從身體溶了出去，打從心底溫暖起來。

啊啊～我今天也能努力活下去！

每天早上都從本命那裡分得的生命之火，就這樣，今天又能享受這般如常的快樂。

@akari_masaki——————

悠哉地看著醜聞爆發前，這篇關於鬧鐘貼文，我彷若他人，著實有些難為情。

該說虛無僧[*2]已經起床，還是熬夜呢？

〔今天地球也是圓的，工作做不完，本命太尊[*3]了！〕

按讚的她在ＩＧ限動上如此表示。

旁邊搭配機能飲料、魷魚乾、起司鱈魚條貼圖，還有她的本命「瀨名」上電視時的帥照。

她的貼文一向是這種調調，只有貼自拍照時，才會發現她連指甲都修剪得很漂亮。留著一頭俏麗短髮的她，可是一身連不熟悉時尚的我都聽過的名牌裝扮。

＊注2：虛無僧，日本禪宗的一派，普化宗的僧人。吹尺八在諸國行腳，不剃髮半僧半俗，犯罪的武士若成為虛無僧，則可免刑。

＊注3：尊，日文為（尊い），原意是神聖尊貴的意思。次文化視點來說，是指看到本命時，會讓人想雙手合十下跪膜拜。

官網釋出最新消息。

——【BAKUON演唱會如期舉行。】

看來儘管前幾天騷動頻仍，還是按照原訂計畫讓上野真幸參與演出，當然社群網站果然一片撻伐。

不過，真的很慶幸與本命見面的日子，沒因為醜聞而被腰斬，感覺自己頓時充滿了活力。

踩著散落一地的東西走向洗手間，牛仔褲拉鍊、漫畫的書腰，洋芋片空袋的銀色鋸齒狀部分刺著腳底的觸感，竄升到膝蓋一帶。

姊姊一邊用沾了化妝水還是什麼的手按摩著臉部，一邊閃避著伸手要拿牙刷的我。

「妳又被學校盯上了嗎？」

她質問道。

「為什麼搞成這樣還不吭聲啊？」

姊姊用左手摀著輕拍過的臉，並用右手打開乳液瓶蓋的同時，還不忘嘮叨了一句。

懶得理會她責問，我默默開始刷牙、洗臉，然後頂著一張素顏，將頭髮往後梳攏，雙眼眼尾跟著上揚。

不知是否自我感覺良好，總覺得神情豁然開朗。

穿上因用力從衣架扯下來，以致於領口有點變形的藍色POLO衫，將水藍色蕾絲邊手帕和藍框眼鏡塞進包包後，隨即瞄了一眼本日十二星座的運勢。

本命是獅子座，今天的幸運指數排行第四，開運物是原子筆。

於是，我將掛著比筆還重的本命吊飾的原子筆，插進包包的內袋，沒看自己的星座運勢便直接出門，反正也沒興趣知道。

❀ ❀ ❀ ❀ ❀

我打工的餐館位於從車站朝三個方向延伸出去，右邊那條最窄的巷子內。

巷尾的柏青哥店與新大樓正在進行工程，好幾個褲腳沾著泥土的工人常來店裡吃午餐，也會於晚上收工後，前來小酌一番。

雖然有不少總算混得比較熟的常客，不過晚上有很多初次來店聚餐的上班族。走進店裡的客人與步出店外的客人，無論是神情還是腳步可說截然不同。

這家店雖名為〈中子餐館〉，但因為營業至晚上，所以比較像是有提供酒類飲品的居酒屋。

當初幸代姐對著看了徵人啟事而來應徵的我，露出為難的表情。

「我們這裡沒辦法雇用高中生吔！」

「幸代姐不讓我辭呢！所以朱里能來應徵真是太好了。」

即將畢業的大四工讀生小恭姐說道。

我這才知道店裡人手不足。

開店前，先補充Highball[*4]，還要把每天都會用到的豬肉拿出來解凍，將晚上才會用到的餐具歸位、磨好菜刀等。

必須做好各種準備，直到身體自然熟記這些流程為止。

即使不知被幸代姐罵過多少回，總之，努力記住各種程序。像是這時要這麼做，一旦變成那樣時就要這那麼做。

有時忙到根本沒時間瞄筆記，更別說還有窮於應付的突發狀況。

對面拉麵店的濃厚豚骨味，隨著晚風飄入店內。

＊注4：Highball，又名高球，是一種烈性的雞尾酒，由威士忌及通寧水或蘇打水混合而成，再加入冰塊。

「歡迎光臨——！」

店長和我齊聲喊道。

身形瘦削的店長口氣一向溫柔，不過一旦喊出「歡迎光臨」、「謝謝光臨」這兩句話時，聲音可是比誰都粗獷宏亮。

用粗糙手指推開店門的勝先生，一聽到幸代姐去外面倉庫，馬上要我多給一些酒。

長得四方臉的勝先生，和有著尖下巴、細長眼的東先生；另外一位是穿著坦克背心，從沒見過的年輕男子，他臉上掛著笑容，給人冷漠感覺的眼白部分卻特別明顯。

我遞上濕毛巾和毛豆，擺好筷子與菸灰缸，準備拿出點菜單。

「Highball濃一點。呃，濃一點好像比較貴喔……能否幫我調濃一點呢？」

聽到要求的我馬上在心裡本能拒絕。

「不行嗎？」

摘下纏在脖子上毛巾的東先生向我確認。

「可以啊！」

我對著東先生點頭回應道。

「就多一點嘛！」

勝先生又對向我眨眼提出要求。

「等我一下。」

我暫時打斷了他，因為坐在旁邊座位區靠走道的女客，要我過去收拾打翻的飲料，必須先回應她。

「請稍等。」

說完，我在點菜單背面標註第三桌，接著取出塞在收銀檯下方讓工作人員使用的價目表給他們看。

上頭標示——Highball四百日圓、高濃度Highball五百二十日圓、大杯啤酒五百四十日圓、大杯高濃度Highball六百一十日圓。

勝先生看了價格後，臉色驟變。

「是喔……那還是生啤就好。」

沒詢問另外兩位同伴，便逕自點了三杯啤酒。

我在沾附水垢的四方鏡子裡，看到一臉嚴肅張嘴的臉，腦中浮現塗著質感欠佳、深色口紅的幸代姐說過的說。

「我說妳啊，朱里，要笑啊，不能老是擺一張臭臉，我們可是服務業呢！」

我邊想著自己還真是很不會表情管理，邊走回廚房。

「朱里。」

最近不知是生病還是什麼事，看起來沒什麼精神的店長叫住我。看他笑著沒多說什麼，從架上取了裝毛豆皮用的小盤子，我這才意會過來趕緊道謝，拿去給客人。

「唷，小朱回來啦！」

只見東先生瞪大細長眼揶揄道。

自從上次我拿著好幾杯啤酒，不小心跌倒後，他就不再喚我朱里，而是小朱。

「小朱一臉快哭出來的樣子呢！」東先生見我忙得不可開交，調侃著我，隨即又悄聲說了句：「不好意思！」

就在這時，客人呼喚我的聲音，又開始此起彼落。

「客人一叫，妳就馬上過去，只會搞得自己更加手忙腳亂，頻頻出錯。冷靜一點！」

總是被這麼叨念的我，想去倉庫找幸代姐。

「不好意思，我剛才有請妳過來收拾。」

返回廚房途中被剛才那位女客叫住，只見她有些語帶責備。

「對不起，我馬上整理。」

我連忙焦地回應道。

「不用整理了。可以給我一條濕毛巾嗎？謝謝。」

「妳去忙別的，我來處理。朱里，把生啤端給客人。」

店長將豬肉暫時收進冰箱後，走過來說道。

我明白店長知道我忙不過來，所以主動幫忙。

無奈焦慮感還是流入了思緒，乳化般愈來愈濁。

耳邊傳來進店時口氣還很客氣有禮的西裝男，高聲喊著要結帳。

雖然耳朵記得這回事，卻還是在三杯啤酒的微微氣泡聲催促下，先把酒端給了其他客人。

「總算來了。」勝先生撇著嘴，又補了一句：「怎麼這麼慢啊！我們又不是不給錢。」

我的眼神八成很猶疑，彷彿用釘子將他的視線固定在我眼裡。

「對了，我們要加點。」

勝先生口氣驀然清朗地喊道。

薑燒豬肉、鰤魚燉煮白蘿蔔、燉煮牛筋，還有炸雞塊、串燒雞肉與花枝……

就在我迅速記單時，幫客人結完帳的店長回到了後場。

「謝謝光臨！」

我聽到幸代姐如此高喊，緊縮喉嚨也像噴氣似的跟著喊道。

風聲呼嘯、關門聲、波狀玻璃窗外頭傳來提議續攤的聲音、幸代姐清洗碗盤時獨特的強力水聲、換氣扇與冰箱的聲音……

「朱里，別慌，冷靜一點就不會自亂陣腳。」

對，還有店長溫柔的聲音。

「是，好，不好意思！」

我雖然這麼回答，卻想著要怎麼冷靜下來啊？

只要不停做著各種事就很容易出錯，一旦停下來，就像自動斷電一樣。

顧不得還有客人的我下意識地想大吼，堆積在體內的某個東西膨脹到開始逆流。

而且從剛才就大量充塞，已經分不清究竟是自己還是客人口中迸出的「不好意思」，也令人窒息。

我偷瞧了一眼掛在泛黃壁紙接縫處的時鐘。

工作一小時就能買一張本命的未加工照片，工作兩小時就能買一張CD，賺一萬就能買一張演唱會的票。

就這樣勉強自己一天、一天的撐下去。

正在擦桌子的店長強顏歡笑，眼尾也刻著無奈的皺紋。

抱著塞滿空啤酒瓶的塑膠箱，走到後門的我用肩膀推開門。殘留白天熱氣的風拂過脖子一帶，瞬間從地面竄升一股草味，還有附近的貓尿騷味。

憋氣的我用發出空瓶碰撞響響的塑膠箱抵著門，步出了屋外。

「唷！」

驀然有人朝我喊了一聲。

彎腰的我抬頭一瞧，原來是剛剛步出店外的三個人。他們後來加點一瓶芋燒酌，勝先生那張臉在晚上看來還是紅通通又鼓鼓的。

我準備用白筆在他們寄放店內的酒瓶上註記時，幸代姐悄聲告訴我「勝本」這名字。

——勝本先生，7／30。

「這是要放這裡嗎？」

勝先生的出手幫忙，讓我整個人輕盈許多，外罩圍裙的T恤早已被汗水濡濕。

「勝先生，我自己搬就行了。不好意思啦！很危險呢！」

「很輕，很輕。」

勝先生的聲音因為用力而變得含混不清，

「重心得放低一點啊！這東西可不輕。」

勝先生說完腳步踉蹌了一下。

背心男見狀，趕緊向前扶住箱子。

「女孩子搬這東西太辛苦了啦！」

赫然發現說這句話的背心男也醉了，看來他是那種黃湯下肚就變得饒舌的人吧。

我向他們道謝，接過塑膠箱靠牆放置。

就在我從大門敞開的倉庫抱了一箱新啤酒準備返回店裡時，幸代姐正好拿著垃圾桶走了過來。

「比起之前的工讀生，她算是勤奮了。」

一派清醒的東先生對幸代姐這麼說。

「還不是為了追星囉！」

幸代姐一邊說一邊用裝著空罐的箱子抵住後門。

「蛤？追星？」

背心男不由得驚呼。

「果然年輕女孩只喜歡小鮮肉啦！」

「年輕時就算了，還是要認清現實，不然會錯失機會喔！」

背對著幸代姐、勝先生的我聽著他們交談，心想：得收拾這些空罐才行。

於是，順手將垃圾桶逐一挪到旁邊，接著移開變輕的箱子，準備關門。

「我說小朱啊，個性還真是認真呢！」

東先生雙手交臂地瞅著我。

「就是啊！叫她把酒調濃一點，她就是不肯。明明之前的工讀生都很大方呢！」

勝先生不滿地插嘴嘟囔。

「唉唷，勝先生，別這麼計較嘛！」

幸代姐笑著打圓場。

❀❀❀❀❀

我和「認真」這詞無緣，用「懶」來形容還比較適合。

忽然想到漢字的「四」這個字。

一、二、三，為什麼「四」會長成這樣呢？而且明明一是一劃，二是二劃，三是三劃，四卻是五劃；相反的，五是四劃。

照老師的說法，多寫幾遍就會記住了。但我把一到十反覆寫了好幾遍，為什麼還是無法像大家一樣接受不合理的事？

記得小時候，母親常常和我、姊姊光里一起洗澡，順便要我們背記九九乘法表、英文字母，直到我們都記熟才能從浴缸起來。

我記不住英文字母，也跟不上姊姊的背誦，總是遲遲無法脫離浴缸，搞得母親只好一臉放棄地將腦袋打結的我一把抱起。

然而，總是完美達成任務、順利出浴的姊姊，每次都裹著卡通人物圖案的浴巾，直直地瞅著我。

直到某天，姊姊終於忍不住了。

「真是狡猾！」

她不滿地噘嘴抱怨。

「朱里不用背好就可以過關，為什麼我就不行這樣呢？」

我已經忘了母親是怎麼回答。

不過，早已泡昏頭的我，待在姊姊得意地先一步離開的浴缸裡，只感受到有點冷掉的洗澡水滑過身體，肚子也被連接栓子的鍊子摩擦得好痛，而被一把抱起的身體沉甸甸的。

因此，實在不明白姊姊為何迸出那句話。

「為什麼媽媽只抱朱里呢？」

姊姊又氣悶地嘟囔道。

總覺得母親的手沒有抱的意思，只是抬起某個重物罷了。我才羨慕她可以輕輕鬆鬆先離開浴缸，還能被母親誇獎一番。

學校的五十題漢字測驗也是，直到取得滿分為止，必須不斷地作答。結果全班就只剩下我和吃鼻屎的孝太郎同學，還在努力奮戰。

漢字練習簿的格子被填得滿滿的，因為老師說這麼做便能熟記。所以我拚命地寫，寫到右手小指根處都變黑了。

被文字填滿的練習簿閃閃發光，我邊沉醉於石墨香，邊完成一本練習簿後，又突然想起上一次不會寫的詞「放牧」。遂又寫了「放牧放牧放牧」，再來是「所持所持所持所持」、「感受感受感受感受感受」，自覺非常完美。

我順利寫出上次不會的「放牧」一詞，卻無奈「持」這字寫成人字旁，「所」倒是寫對了。至於「感受」的「感」怎麼也想不起來，結果寫成了「心」受。

明明上次會寫的漢字，這次卻寫錯好幾個，僅拿到比上次多一分的成績，還被孝太郎迎頭趕上，結果學期末只有我一個人不及格。

不曉得是否和父親派駐海外一事有關，虎媽教育作風的母親，尤其注重我們的英文學習。

當深為失眠所苦的母親督促我們學習到很晚時，我開始學會趁她不注意時偷懶。

「妳這樣不行啦！媽媽會不高興喔！」

姊姊這麼指責道。

「那就讓小光姊姊教妳吧！」

母親索性提出建議。

經過姊姊的一番教導，我到現在還是只記得，第三人稱單數的動詞要加「s」。

當姊姊看到我在動詞加上「s」時，還大大誇讚一番。在她的勤教嚴管之下，我可是繃緊神經地反覆確認有沒有加「s」，總算全都答對。

於是，深深為我開竅一事欣喜不已的姊姊，隔天又出一份考題，沒想到我竟然完全忘了加「s」。真的不是故意的，但難掩失望的姊姊只能笨拙地安慰我。

姊姊突然生氣，是在她準備大學聯考時……

我隔著門一邊聽在更衣間的母親碎唸，一邊吃著晚餐關東煮。姊姊用小盤子盛了些關東煮，攤開課本，坐在餐桌一隅。

母親一如往常斥責我不用功，我也朝更衣間大聲回嘴。

「我哪有不用功啊！我已經很努力了。」

「妳可以閉嘴嗎？」

正在看書的姊姊突然停止動作斥責道。

「看到妳就覺得自己好蠢，有種被否定的感覺。我可是拚了命地用功唸書，甚至連睡覺都覺得浪費時間。媽媽也很辛苦，每天都失眠，每天早上都想吐，嚷著頭痛還是得去上班。這種心情和妳一心一意追星是一樣的？妳怎麼好意思說自己已經很努力了？」

「我們各自努力，各管各的，不就得了。」

「不是這樣。」

姊姊直瞅用筷子挾起白蘿蔔大口咀嚼的我，哭喊道。她的淚水滴落堂筆記本上。

姊姊的字小小的，就算寫得飛快，還是很整齊、不潦草。

「妳不想用功，也不努力都沒關係。但不要說自己已經很努力，這樣只是在否定別人的付出。」

啪嘰一聲，白蘿蔔掉落到盤子上，頓時湯汁飛濺，我趕緊用面紙擦拭桌子。

「給我擦乾淨！」

擦就是了，沒有要否定誰的意思啊！我很想這麼反駁，卻不知如何開口，只能一直哭。

我不清楚她的容忍度有多大，完全一頭霧水。

一時情緒爆發的姊姊，現在幾乎是用肉體在說話、哭泣、憤怒。

母親則是那種情感勝過理智的人，所以善於察言觀色的姊姊總是被迫扮演和事佬。

某天，我聽到母親在講我的事。

半夜三點左右，突然醒來的我想上洗手間，發現客廳燈光流洩到走廊上，心想：**可能是姊姊在幫媽媽拔白頭髮吧！**

「好痛！妳現在拔的絕對不是白髮吧！」

「變灰白了。」

耳邊傳來這樣的交談聲。

或許因為睡意未退的關係，暖色燈光看起來格外曖昧朦朧。

不知不覺間，我凝神聆聽著母親的說話聲，雖然看不到表情，卻清楚聽見她最後說了句：對不起！

「對不起啦！還要妳幫忙盯著朱里。」

啊，我的腳趾甲又長了，腳拇指上應該剃掉的毛也長出來了。為什麼不管怎麼剪、怎麼拔，還是會變長呢？心情好鬱卒。

「這也是沒辦法的事囉！」

姊姊低聲喃喃道。

「誰叫朱里什麼都做不好。」

聽到這裡，我刻意走進客廳。

走廊上的昏暗剎時變得明亮，電視、母親買的觀葉植物、放在矮桌上的杯子輪廓，乍然清晰了起來。

姊姊沒抬頭看我，母親則是趕緊轉移話題。

「衣服還沒洗呢！」

無視眼前光景的我快步走向櫃子，抽了一張面紙，取出放在最下方抽屜的指甲剪，頓時發出剪指甲的聲響。

因為腳趾甲是四方形，所以很難剪，總是會不小心剪到肉。記得母親好像說過剪的時候，要用指甲剪的前端，將埋進肉裡的指甲邊緣挑出來似的修剪。

只見指甲屑四散。待全都修剪好後，發現腳趾的毛又長出來了，這時才發現有人正在使用拔毛器。

「借我一下？」

我說完，不待姊姊回應，便拿走她手上小小的銀色拔毛器，不顧母親出聲制止，開始拔毛。

短短的黑色體毛前端還沾著體液，好難為情喔！就算剪了、拔了，還是會繼續長。

為什麼總是得面對各種無奈之事呢？

我不懂，總是這樣。

所謂見微知著，就是這麼回事吧！

❀ ❀ ❀ ❀ ❀

就這樣，我反覆過著前進三步，後退兩步的煩躁生活。

總算勉強升上高中的我，與本命重逢了。

他光采依舊，我覺得那是幼時踏入演藝圈，一路走來二十年，不斷鞭策自我的人才有的鋒芒。

——因為周遭都是大人，所以必須學會察言觀色。我也曾經自我懷疑過，不明白自己為何會踏入這圈子。直到十八歲那年吧，我初次以偶像身分站上舞臺，不是都會噴出銀色彩帶嗎？明明現場歡聲雷動，我的心卻突然變得好平靜，有種我就站在這裡，讓大家見識一下自己有多大能耐的感覺。

我想，從他說出這番話的那一刻起，便確定自己是個發光體。

本命雖然人前風光，卻也有著非常人性的一面。

好比他有點白目的發言時常招致誤解，也蠻常嘴角上揚地表現親切感；但當他真正開心時，卻是露出有點壓抑的笑容。

明明參加談話節目時，很有自信的侃侃而談；上綜藝節目時，卻口拙到露出猶疑的眼神。

他曾經在ＩＧ直播時，沒打開瓶裝水蓋子就直接往嘴巴送，所以似乎逐漸有了天然呆的形象。還有，自拍總是抓死角拍，雖然顏值夠高並不在意，但拍景物卻得心應手。

總之，本命的一切是如此惹人憐愛，甘願為他獻上一切。

雖然「獻上一切」聽起來很像灑狗血連續劇的台詞，但只要本命在我看得到的地方持續發光，這樣就夠了。

即便勝先生、幸代姐要我「認清現實」，我還是完全無感。

世上有各種關係，好比朋友、情人、家族等，彼此相互作用，每天細微運作著。

然而，那些一味追求平等關係的人，總是批評不對等關係，我認為這就是不健康。

好比「一廂情願根本是浪費生命，何必花心思在那種朋友身上」之類，明明不求回報，卻被譏諷是傻子。

真是夠了！

愛著本命一事，能讓我覺得很幸福，並不想聽別人說三道四。

我不想和本命有什麼比較親暱的關係，也沒想過他看到現在的我是否能接納，更不曉得他是否會善意看待這樣的我？

其實，要是有人問我，若能一直跟在本命身旁，應該很開心吧？我卻無法肯定的點頭。當然，如果是握手會上短短幾秒交談，確實足以讓我嗨翻天。

我覺得隔著手機、螢幕，或是舞臺與觀眾席之間的距離，是如此溫柔。不必刻意湊近和對方說話，也不會因為我做了什麼而破壞了這層關係。

在隔著一定距離的某個地方，持續感受那個人的存在，讓人覺得好安適。

雖然賭上一切追星是一廂情願的事，卻讓我深感滿足。

我用橘色筆在活頁紙寫下本命的基本情報，再用紅色墊板遮著逐條背記——

★生於一九九二年八月十五日，獅子座，B型，
★出身兵庫縣，有個大他四歲的姊姊，喜歡的顏色是藍色。
★出生後三個月，就簽入STARLIGHT娛樂經紀公司。
★國中畢業那年，母親帶著姊姊離家；他則是跟著上班族的父親，由祖父母一手帶大。
★他的部落格〈上野真幸的部落格〉經營一年半之後便擱置，目前以IG為主，持續更新，推特只用於發布活動訊息。
★十六歲時，粉絲俱樂部成立。
★舞臺經驗豐富。
★十八歲那年，從STARLIGHT娛樂經紀公司，跳槽WONDER娛樂經紀公司，成為男女偶像團體〈真樣座〉一員。
拜製作本命參與演出的舞臺劇時代背景圖，以及人物關係圖之

賜，我不但深入瞭解俄羅斯情勢，連帶的歷史考試還突然拿了高分。

寫部落格一事也是，藉由鍵盤在網路上自由創作，不必面對課堂上傳閱作文試卷，以及被別人指出錯字時的尷尬感。

我認真追星，解讀本命的一舉一動，在部落格抒發己見。

一邊回放預錄的電視節目，一邊做筆記，冷不防想起姊姊靜靜埋首課業的模樣。

原來我也能全心全意做一件事。

而且是他讓我知道自己有此能耐。

這天，打工到三點的我走在回家路上，任憑風吹拂不似往常積存那麼多疲累的頭髮。

回到家，我倒了杯冰水，盤腿坐下，按下沾了手垢，且有點髒汙的乳白色遙控器。因為天色還很亮，LED電視畫面反光看不清楚。

四點公布投票結果，還要再等一下。

我瞅了一眼社群網站，與〈真樣座〉相關的關鍵字，瞬間衝上了熱搜第二、三名。

外頭傳來資源回收車的廣播聲，還有小狗不明的吠叫聲。

大腿從地板剝離的瞬間，頓覺腰部一帶骨頭有些疼痛，感覺冷氣持續吹送下的地板比往常來得堅硬。

四點一過，節目開始。

這時，突然門口傳來開門聲。

「拜託！明明開著冷氣，居然還開窗？妳有在聽我講話嗎？……回來也不趕快換衣服，我還想快點洗衣服呢……」

下班返家的母親不悅地大吼。

聽著她的碎唸，我只是「嗯、嗯」地回應，雙眼直盯著電視站起身，搖搖晃晃地脫掉了牛仔褲。

「要拉上窗簾啊！」

她又繼續嘮叨道。

突然啵的一聲，電視畫面驟然消失，此時此刻的我總算正眼瞧向母親，沒紮好的幾縷髮絲落在臉龐。

「妳有在聽我講話嗎？」

母親將拿著遙控器的手背在身後。

「好啦！對不起嘛！人家剛好看到關鍵時刻吔！」

「不給。」

「幹嘛這樣啦！」

「妳不要太過分了！」

她要我道歉，我道歉了。要我拉上窗簾，我也乖乖照辦。要我換掉外出服，我也趕緊脫掉換上睡衣。不但清洗了浴缸，還把盛著早上吃的微波食品炒飯的空盤洗乾淨。將白天姊姊幫我摺好的衣服，拿回自己房間擺好。

結果拿回遙控器的那一刻，投票結果已宣布……

只見本命坐在第五名的位子上，便曉得他敬陪末座。

腦中猝然染上一片又黑又紅莫名憤怒的色彩。

「怎麼會這樣？」

嘴裡悄聲吐出不滿的同時，心跳加速，情緒高漲。

還記得上次本命是坐在正中間那張鋪著軟墊的豪華椅子，一臉不知所措又羞怯地戴上華麗王冠。

難得露出這種表情的他超可愛，讓我不由得設成手機桌布，反覆欣賞，還在社群網站猛誇。

〈好Q，好可愛，努力的樣子好迷人喔！〉

此刻，他卻一副坐立難安似的坐在普通的椅子上，勉強附和主持人的模樣令人不忍卒睹。

這一刻，粉絲們同步感受到各自擁護的本命坐在椅子上的心情。

〈怎麼會這樣？〉

〈看得我好痛苦～～〉

我目不轉睛盯著社群頁面，至少看到的都是按讚的附和，芋虫則是回了個哭臉的表情符號。

果然被比下來了。確實感受到那起醜聞造成的影響有多大，從他身上奪走了多麼龐大的東西。

雖然大家為了力挺本命，卯起來狂買CD，比往常付出更多一倍，但我覺得這並非我們努不努力的問題。

儘管這麼安慰自己，當知道他和排名第四的美奈姐差距不到百張票時，還是不由得感到悔恨。

要是我傾盡所有打工賺來的錢，狠狠買個五十張ＣＤ，或許就能扭轉情勢；如果大家再多買幾張的話，也許就不會發生從第一名跌到第五名，這般意料之中的憾事。

其實，本命曾在廣播節目坦言，這樣的投票機制實在有欠公允，也很感謝粉絲們的熱情支持，但請大家千萬不要做出超過自己能力的事，也明白他其實沒那麼在意票選結果。

即便如此，隔著電視螢幕還是感受得到他那坐立難安的焦慮感。

——最後，請你們各自說一下感言吧！

主持人如此說道。

本命用雙手握著今天初次碰到的麥克風，說了句：「首先，」傳來氣息聲。

——即使發生這樣的結果，還是有一萬三千六百二十七位粉絲投票給我，真的很感謝。辜負大家對我的期待，非常抱歉，也很懊惱。但我現在心情很好，因為確實領受到每一張票蘊含的心意，謝謝大家。

雖然他的感謝詞總是簡短到被批評，但對我來說，已經足夠了。窗簾搖晃的同時，我察覺螢光幕前的他也瞇起了眼，瞇眼時像小狗一樣皺起鼻子的模樣，真的好可愛。

我察覺到內心深處湧起一陣酸楚。

雖然排名爭奪賽敗下陣一事，意味著夏天落幕。不過，我覺得從那天起，真正的夏天才要開始。

我可不是抱著玩票心態在追星，我的眼裡只有本命一個人。

發現有人販售二手的本命周邊商品，就覺得好痛心，所以盡己所能迎接它們來我家。

從寄自沖繩、岡山的紙箱裡取出陳舊的胸章、本命的帥照，仔細擦拭後，擺飾在房間的書架上。

我不會把錢用在追星以外的事，雖然打工很辛苦鳥事又一堆，但只要想到一切都是為了他，就覺得心情好好。

八月十五日這天，我買了自己覺得最好吃的海綿蛋糕——黃色蛋糕屋的生日蛋糕。

我將蠟燭插在繪著真幸頭像的巧克力小牌子四周，點燃蠟燭後後發了ＩＧ限動，便獨自享用。雖然吃到一半覺得很痛苦，但總覺得要是放棄不吃，很對不起這個特地為本命買的蛋糕，只好用草莓的水分將殘留在喉嚨的鮮奶油硬塞進肚子。

由於勉強將生日蛋糕塞進自己變小的胃，突如其來的糖分讓我感到噁心反胃。

我衝進洗手間，用食指與中指刺激舌頭，喉嚨深處的嘔吐物味道比蛋糕味早一步從喉嚨竄至眉間，霎時眼眶泛淚。正當思忖應該是體內空氣竄升的聲音時，帶著甜味的嘔吐物嘩啦嘩啦地傾洩出來，馬桶裡的水飛濺了幾滴到臉上。

我趕緊用衛生紙擦淨兩根髒汙的手指，沖掉嘔吐物。反覆著這樣的動作，感覺腹中的空洞絞痛不已。

我一邊洗手，一邊看著鏡子，鏡中映著一個眼睛紅紅的女人。愣怔地盯著這女人的我開始漱口，滴落的水混著少許血與胃液，還有一股異味。

登上樓梯的腳，抓著扶手的手，就連走回自己的房間都覺得痛苦萬分。心想：或許自己就是在追求這種痛苦吧！

我似乎逐漸意識到一件事——

那個故意拚命逼迫且剝削自身肉體的自己、那個追求痛苦的自己，在捨棄了體力、金錢、時間，以及擁有的一切，只為了忘情地埋首在一件事上。

然而，這件事淨化了我。就在有某個東西與痛苦做了交換，不斷地注入我體內，我才發現自己的存在價值。

明明沒什麼哏可寫，還是每天更新部落格。雖然整體的點閱人次增加，但每篇貼文的點閱次數卻減少。

懶得看社群網站的我索性登出，反正只要認真追星就對了。

＊＊＊＊＊

保健室裡的時間不會流逝，即便下課鐘響。

不管是因為下課鐘響而突然騷動起來的走廊，還是外頭樹葉摩擦的聲音，躺在又白又冷的床上，我只覺得一切離自己好遠。

視線從描繪白與灰，一片斑斑圖案的天花板移開，與強烈反光的銀色窗簾滑軌對上，又開始覺得視線模糊不清。

夏季這段期間，可能是因為體重驟降的關係，腦子裡常常像蒙上一層霧似的。

我在身心失調情況下迎接新學期到來，卻完全跟不上。

總覺得視野右邊有個像血塊的紅色斑點，臉上開始冒痘痘。

母親說青春痘很髒，但現在的我實在沒心思像網路上說的要做好臉部清潔、保濕。反正就是一天洗好幾次臉，還為了遮住臉，刻意留長瀏海。

不知為何，有一種像是泡澡太久，突然站起來會一直頭暈目眩的感覺，以致於作業沒寫完，還忘了帶古典文學講義。

更慘的是，要是沒把本命的人聲演唱當搖籃曲，我就會睡不著。所以聽一整晚的結果，就是耳朵深處疼痛不已。

雖說我一直都是趴在桌上聽課，但第四節課是五人一組的英文翻譯課，勢必得站起來發表。

天空掛著烏雲，教室有些昏暗。

不知是不是我太敏感，總覺得大家好沉默，一臉不情願的抬著桌子，開始移動。不一會兒便形成一個個小團體，再行調整，最後只剩下我抬著桌子，一副不知所措的模樣。

頓時覺得肌膚發燙，我環視著周遭，又與每道射過來的視線對上，以致於無法動彈，指針的聲音在心裡不停迴響。

身體自動重現幾個鐘頭前的感覺，我蜷縮著身子。

就在即將於沉睡中融化時，老師拉開一點窗簾。

「朱里，有島老師找妳。」

老師邊說道邊扶著我坐起來。

可能是一直躺著的緣故，總覺得位移的內臟搖搖晃晃。

男班導來到保健室，總覺得不管是哪位老師走進保健室，都給人不同於在教室或辦公室的感覺。

「還好嗎？」

班導口氣帶著半開玩笑的厭煩。

三十好幾的他說話時，嘴巴幾乎沒張開，雖然在教室時讓人聽得很吃力，但在這裡倒是聽得頗清楚。

我跟著他走進位於保健室最裡面，保護學生隱私而設的諮商室。

「我聽好幾位老師說，妳最近經常缺課。」

班導一坐下便開口說道。

「對不起。」

「不想上學嗎？」

「嗯。」

「為什麼不想上學？」

「嗯……就是不想。」

班導挑了挑眉，刻意露出頗為傷神的表情。

「我這邊是無所謂啦！但妳再這樣下去可是會留級哦！自己應該很清楚吧？不是留級，就是退學。要是退學的話，今後該怎麼辦？」

班導說完我和家人討論過好幾次的事情後，停頓了半晌。

「課業跟不上嗎？」

他再次開口問道。

「是啊！跟不上。」

「為什麼跟不上？」

猛然感到喉嚨有異物感。

為什麼跟不上？我才想問。

淚水就快奪眶而出，但想到臉上冒痘痘又涕泗縱橫，勢必很醜，只好竭力忍住。

要是姊姊的話，這時肯定會厚著臉皮的哭出來吧？

但我覺得這樣很沒骨氣，太卑鄙了，有種敗給肉體的感覺，上下排牙齒不再緊咬，從眼角開始一點一點地放鬆，意識逐漸抽離。

外頭風勢強勁，諮商室裡的空氣好稀薄，有一股壓迫感。

班導並未劈頭斥責，而是耐心地開導勸說。

「還是順利畢業比較好啦！再稍微試著努力一下吧！這麼做也是為了將來著想。」

雖然明白老師很認真的在跟我談……

可是現在很痛苦啊！這聲音卻封住了我的腦袋，促使我完全無法取捨，也無法選擇究竟要聽從別人的建議。

還是乾脆逃避，避免受傷。

升上高二的三月，我被告知留級。

和老師會談完，和母親一起走向離學校最近的車站，準備返家。

不論是待在保健室或是早退時，都感受到時間被撕成片段，整個人漂浮在半空中的感覺更強烈，我想母親八成也感染到這種感覺。

一滴淚也沒掉的我們，卻露出哭累的表情，步履蹣跚地走著，有股難以言喻的異樣感。

就算留級，結果還是一樣吧！所以我決定輟學。

我都是邊聽本命的歌，邊走向車站，搭車上學。

沒那麼趕的時候，聽的是情歌；趕著上學時，就聽節奏快一點的新歌。歌曲的速度深深影響我走到車站的時間、步伐大小與節奏。

我雖然還有力氣支配自己，不過，就像搭電車和電梯那樣，乘著歌聲移動實在輕鬆多了。

午後坐在電車上的人們，之所以看起來悠閒自在，我想一定是因為被「移動中」這般安心感包覆的緣故。

明明自己沒有移動，卻能確實移動的安心感，讓他們能無憂無慮地滑手機、睡覺。

候車室也是如此。在即便有陽光照射還是冷颼颼的室內，穿著大衣在「等待」什麼的事實，有時還會伴隨著只有這一刻才能放鬆的溫暖感。

倘若是在自家沙發，或是窩在沁染自己的體溫與味道的毛毯中，哪怕只是打線上遊戲或打盹，只要到日漸西沉的這段時間，便足以讓心中暗黑焦慮愈來愈膨脹。

我想，有時什麼都沒做，遠比做些什麼來得痛苦。

從Line家庭群組得知我決定輟學一事的姊姊，傳了訊息給我。

『是喔！真是難為妳了。辛苦啦！』

傍晚時，她突然走進我房間。

「那個……我想妳一定很痛苦，先休息一段時間吧！」

姊姊一臉尷尬地環視我的藍色空間，對著我說道。

母親倒是時常莽撞地闖進來，但房間就在隔壁的姊姊，不知多久沒進來了。

「嗯，謝謝。」

「沒事。」

她用既不是詢問，也非認同的曖昧話語結尾。

「嗯！」

我回了一聲。

母親比誰都無法接受我輟學一事，畢竟她心裡構築著理想，無奈她現在所處的現實環境與她的理想背道而馳。

不只次女輟學一事，還有年邁母親的身體狀況愈來愈差，最近更換的主治醫師又不太親切，加上部屬懷孕，導致她的工作量增加。家裡的電費暴增。隔壁鄰居夫婦栽種的植物，恣意生長到我們家庭院。原本要返家團聚的丈夫因為工作關係，延期歸國。剛買了一個新鍋子，把手卻壞了，廠商的客服態度十分敷衍，都已經過了一個禮拜還是沒收到替換品。

日復一日被生活壓力追逼，母親的失眠症狀似乎愈來愈嚴重。嘟噥著白髮增生的她，總是在照鏡子，拔白髮，黑眼圈也變深。

姊姊建議母親購買某個網路人氣夯品的遮瑕膏來用，卻惹得她大發雷霆，結果母親看到姊姊哭，更加惱火。

嘆息有如塵埃般降落客廳，啜泣聲沁染地板縫隙與櫃子的木紋。

或許「家」這玩意兒，就是靠著累積粗暴地拉椅子、開關門聲音，以及不絕於耳的咒罵與牢騷，就這樣積塵、長黴，然後一點一滴老去。

我曾期望如此不安定、隨時可能崩壞的家，乾脆毀掉算了。
就在這時，聽聞外婆辭世。

＊＊＊＊＊

由於沒留意耗費一番功夫烤的秋刀魚已冷掉，我遭到店長責備。
回到家，便瞧見母親一邊將梳子插在髮上，一邊匆匆關緊門窗。
「準備出門了。」
她暴燥地說道。
「外婆去世了。」
只見她粗暴地按了好幾次遙控器，關掉電視，接著關掉日光燈和換氣扇，沉默隨之降臨。

早已紅了眼的姊姊將飲用水注入茶飲保特瓶。

「快去換衣服。」

耳邊傳來突如其來喝斥。

這種被告知有人過世的感覺，就像大啖一大袋巧克力時，卻被告知這是最後一顆，不能再吃了。

坐上車的我們沉默了好一會兒，只有握著方向盤的母親力持鎮靜地哭泣著。我感覺她那神情緊繃的臉上，淚水不由自主淌落。

唯有此時，所謂的視野死角才會自動消失。

車子駛上高速公路，背對我的姊姊望著車窗外，彷彿滲開來的各種顏色光線不斷流逝。

手機的通知鈴聲響起，原來是成美傳訊想和我今晚通電話。光看文字，腦中便浮現她整形前的模樣。

成美好像在我決定輟學之前，也就是期末考結束到結業式這段不用到校上課的期間，去割了雙眼皮。

假期結束隔天，她的雙眼腫得睜不開。儘管大家在她背後竊竊私語，但越來越美麗的雙眼，讓她完全無視別人的指指點點。

在成美眼裡，只有她的本命。

我回了個「OK」貼圖，而且是有〈真樣座〉成員聲音的貼圖，所以一傳送，手機便響起瀨名高喊「OK」的開朗聲音。

始終靜靜望著窗外的姊姊動了一下。

母親去醫院接外婆大體返家的這段時間，我們姊妹倆先前去外婆家等待。

姊姊將散放在桌上的報紙、過期的昆布和一包小梅干，挪到了旁邊。接著擰了一條乾硬抹布，擦拭覆著塵埃、早已變白的桌面，原本的明亮顏色乍然立現。

我們把在小超商買的便當，擱在映著圓圓日光燈形狀的桌面，擺上免洗筷。

雞塊和炸豬排看起來，比我們家附近便利商店賣的大多了。

「要吃嗎？」

我對著姊姊問道。

「當我沒問，吃吧！」

我瞅了一眼時鐘說道。

接著，我轉身走到緣廊邊，穿上擺在那裡的涼鞋，走到庭院中，這裡有石牆，還有映著曖昧月光的小池子。

我打電話給成美，才響一聲就被接起來。

『唷呵～』

果然一聽到聲音，腦中就會浮現成美以往模樣。

『怎麼啦？』

我疑惑地問。

『好久不見咩～』

成美欣喜地說。

『而且人家現在去學校好寂寞喔！』

成美又馬上補充說。

『沒辦法，發生了很多事。』

『是喔！』

『是啊！』

陷入片刻沉默……

『成美不也遇到很多事嗎？』

『妳知道了？先提醒一下，這件事比妳想的還勁爆喔！』

鞋底踏著池子四周的石塊，我一邊講電話，一邊力求身體平衡，卻還是踩在泥土地上。

『什麼啊？到底什麼事啊？』

『我們上床了。』

蛤？小飛蟲碰到驚詫大張的嘴，嚇得我趕緊揮趕。

突然覺得一陣頭暈目眩的我，一屁股坐在緣廊上。

『超勁爆的！哇，太好了。』

『多虧我去割了雙眼皮囉～』

『不是因為這樣吧？』

『我是說真的。』

成美的聲音很認真，認真到我能想像她會露出什麼表情。

『他特別喜歡那種雙眼皮很深，又大又圓的眼睛。果然對我的態度變得不一樣呢！我們約會時，他還誇我變漂亮了。』

『等等，你們在交往？』

『怎麼說呢……是沒啦！但有那種感覺。』

『是喔！不會吧？真的假的？哦～是喔！』

穿著涼鞋的我隨意躺了下來，深嘆一口氣的同時脫口而出。

我現在望著天花板的表情，八成像是驚訝的表情符號。

就在我流露被單純化的情感時，察覺自己似乎成了個單純的人。

持續一段純粹的對話後，便掛斷電話。

空氣中飄來一股夜晚的海潮味，那道佈滿青苔的石牆另一頭就是海。遐想質感有如油的海洋發出轟鳴聲響，感覺有個搖擺不定的東西從意識深處襲來。

想起早一步辭世的外公，又想起外婆此時的模樣，思緒隨即被吸入深深大海的幽暗。

想像人嚥下最後一口氣的瞬間，倏然又被大海抹消。

想逃離恐懼的我走回客廳，這時母親已經回來了，而暫時返國的父親也到了。

直到喪禮結束的這段期間，我們一家人會暫住母親娘家。

我開啟手機，反覆看著免費觀賞的過往影片，設定成高清畫質，還存了不少粉絲俱樂部才能欣賞的花絮照。

無論何時，本命總是這麼可愛。他的可愛和穿著甜美風服飾、繫上蝴蝶結、一身粉紅裝扮的可愛並不一樣，也不是長相特別可愛。

該怎麼說呢？就像那首知名的兒歌〈七隻小烏鴉〉的描述——烏鴉啊，為何啼叫？烏鴉在山裡有七個可愛的小寶寶喔！

有種惹人憐愛，想保護他的感覺。我想，無論他今後如何，或是變成什麼樣，這種可愛感都不會消失吧！

「有吹風機嗎？」

姊姊用掛在肩上的褪色毛巾邊擦乾頭髮，邊問在客廳的我們。

「喔喔，應該有吧！」

盯著綜藝節目呵笑的母親收斂一下情緒，回應道。

「朱里，妳先洗。」

父親催促道。

「爸爸不先洗嗎？」

「我最後一個洗就行了。」

「妳每次都洗很久，快去吧！」

浴室位於昏暗、有股霉味的走廊盡頭，也是這個家最寒冷的地方。浴缸只有一般人家的一半大，朝北的窗戶無法緊閉，吹進來的風非常冷，剛好和熱水形成舒服的溫差。

我一邊泡澡，一邊滑著手機，無論身在何處，要是無法感受到被本命包圍，自己就覺得很不安。所以我決定這幾天要把這個四方形螢幕，視為自己的四方形房間。

我的手機相簿幾乎沒有家人、朋友的照片，而且不論是桌機，還是手機，更有一堆資料沒好好整理。

唯獨本命的照片可是依幼少時期、舞臺劇演員時期、偶像歌手時期等仔細分類，方便隨時回味。

最近很喜歡的一張照片，是他的髮色變成亮色系後，上傳在ＩＧ

的照片。剪短頭髮的他，自拍映在鏡中的自己，還比了個V。好可愛喔！雖然表情依舊酷酷的，但很少比這手勢的真幸，似乎情緒有點嗨。

〈超帥的……也很適合亮一點的髮色呢！期待演唱會。〉

我留了言。

〈是因為光線緣故嗎？好像帶點藍色？反正怎麼樣都很帥，真不虧是真幸。〉

〈今天也讓我大飽眼福，有你在真好啊！〉

〈這件襯衫該不會是l'oiseau bleu這牌子？〉

〈我也才剛染髮呢！難不成心有靈犀（笑）。〉

去年七月爆發的那起醜聞，已是一年多前的事了，善意留言又逐漸回流。

雖然還是看得到黑粉的惡意攻擊，但這種人通常不是新粉，而是因為長期追蹤上野真幸的動向，所以對發生這樣的醜聞深感驚愕。

其實，不少粉絲會因為某個理由而黑化，或許現在看到的批判都是這些人所為。

匿名討論區仍舊被本命的桃色緋聞洗版，其中鬧得最喧騰的，莫過於他和模特兒、女主播的緋聞。不過，最近甚至連那起醜聞的女主角，也就是遭偶像暴力相向的女性，也被盯上了。

傳言那位被害女性，其實不是粉絲而是女友，只是身為公眾人物的偶像，無法公開兩人關係罷了。

好事者從這名女性的ＩＧ上探查到，她沒再上傳自拍照的時間點，與爆發醜聞的時間點重疊，還發現兩人使用同款馬克杯等，諸如此類的線索。

我坐在浴缸邊緣，將手機放在靠窗處。放在窗邊的洗髮精瓶口沾著頭髮與灰塵，玻璃窗上有斜斜交叉的黑線，隱約看得到對面人家的矮牆與花朵顏色。

一旦成了公眾人物，恐怕連這些事也會被逐一肉搜、謠傳吧！

洗完頭跨出浴缸的我，瞥見映在長形鏡中的自己實在瘦得不成樣，感覺連腳步都不太穩。

回到客廳後，不知為何，大家聊起找工作一事。

我照著母親指示坐在沙發上，父親坐我對面。母親正在收拾一旁的桌子，兩人都刻意醞釀沉重的氣氛，讓人坐立難安。

獨自側身跪坐的姊姊，一邊用毛巾拍著半乾頭髮，一邊看電視。可能是因為剛洗完澡的關係，她的臉紅通通，耳朵也是。

我想，盯著電視螢幕的她也許很緊張吧！

電視螢幕上出現方便重聽外婆觀看的字幕。

「最近如何？有在找工作嗎？」

父親佯裝不知我的近況，只見他雙肘撐在桌上，雙手交握。

這般刻意裝蒜的樣子，令我惱火。

「她根本沒積極找。我唸了她好幾次，只會敷衍說：『有啦！有在找。』提醒她，還不高興呢！結果也只打了兩、三家公司的電話，根本沒認真找。」

母親睜大了眼忿忿地抱怨。

從沒見過她的情緒如此失控，或許是因為父親在，所以才特別激動；也可能因為外婆去世，心情多少受到影響。

「怎麼樣？」

父親不理會母親的牢騷，直接對著我逼問。

「我有找。」

「有投履歷嗎？」

「沒有，打電話。」

「根本沒著落啊！」

母親又忍不住插嘴埋怨。

「她總是這樣，總是這調調，只想要一天混過一天罷了。」

「都已經半年多了，為何什麼都沒做呢？」

「就提不起勁嘛！」

我老實地回答。

「說謊！明明還有閒情逸致去聽演唱會！」

母親忿忿地駁斥道。

沙發的黑色合成皮露出了黃色海綿。

「醜話先說前頭，我和妳媽可是沒辦法一直養妳喔！」

我低頭摳著露出海綿的裂縫，聽著他們嘮叨今後種種。

就在我一反常態，試圖表明自己就是無法如他們所願時，突然對於父親那種氣定神閒模樣感到作嘔，忍不住露出啼笑皆非的表情。

冷不防想起以前曾看過父親的推文，就是那種老派寫法。他曾留言回應某知名女聲優的推文，還附上照片。

我一直覺得照片中那張綠色沙發好眼熟，想說不會這麼巧吧？但背景分明就是獨自在國外工作的父親所住的地方。

〔我和佳奈美買了同款沙發（＾＿＾）。加班&寂寞的宵夜小酌（；＾＿＾A）。明天也要加油！〕

像這樣用紅色驚嘆號結尾，使用表情符號的推文還有好幾則。

獨自在國外工作的父親，會穿那種顏色頗時髦的西裝，偶爾回家的他還會說些很無厘頭的話。

我總覺得偷看別人的推文，像是做了什麼虧心事，便沒再看了。雖然不曉得他現在用的是哪個帳號，但一想到他會留言回應女配音員的每一篇推文，就覺得很可笑。

「妳要認真聽別人說話啊！」

母親怒斥不自覺冷笑的我，隨即起身抓住我的手，用力搖晃。姊姊的肩膀震了一下，沙發上露出來的海綿不斷剝落。

「有話好好說！別這樣啦！」

父親趕緊上前制止。

沉默不語的母親用幾乎聽不到的聲音繼續咒罵，片刻後便氣沖沖地步上樓梯。

姊姊隻手抓起母親的手機，追了上去。

總覺得有別於以往，只有父親一派氣定神閒。

「要是不打算繼續唸書，也不工作，我們是不會給妳錢的。自己好好想想吧！」

父親說起話來有條有理，而且每句話都很有建設性，還露出明快、冷靜，凡事都能順利解決之人特有的微笑。

其實父親和其他大人說的我都懂，也早就捫心自問過好幾次。

「不工作的人，可是沒辦法活下去喔！就和野生動物一樣，要是沒東西吃就會死。」

「那就死吧！」

「不對、不對，現在不是在講這種事。」

這種一面哄慰，一面打斷別人發言的兩面手法，真叫人火大。

明明什麼都不知道，沒人可以理解我的心情。

或許本命那時就是這麼痛苦吧！

「那要講什麼？」

哽咽不已的我大聲地吼出委屈。

「工作、工作，我就是沒辦法工作啊！難道你不知道醫生是怎麼說我的嗎？我就是不正常啊！」

「又在推託了。」

「不是推託，也不是給自己找藉口！」

歇斯底里反駁的我有些喘不過氣，我用餘光瞄到姊姊默默下樓，若有所思地站著。

姊姊身上那件T恤的綠色滲入我的視野，盈眶的淚水滑落臉頰。

真的很氣自己不爭氣地哭了。對於拖累自身肉體，讓肉體哭泣一事，我感到萬分懊惱，自己的啜泣聲聽來格外大聲。

「她想怎樣就怎樣吧！」

一直保持沉默的姊姊望向外頭，突然這麼說道。

父親似乎想說些什麼，話到嘴邊又吞了回去。

「這樣也很好啊！就讓她試著自己一個人生活。不然再這樣下去，只是更痛苦。」

啪嘰、啪嘰，雨水的滴落聲猶如溫柔地賞著巴掌，落在我們三人身處的空間。

秋雨如此寂寥清冷，我的家成了空殼，正逐漸崩壞。

於是，我搬進了外婆生前所住的這個家，暫時靠爸媽接濟，也沒再去打工了。

雖然我對家人說，沒去打工是為了找工作；事實上這幾天完全忘了打工這回事，直到幸代姐打電話給我。

「我知道妳一直很認真工作，可是啊，妳這樣無故缺勤，我也很傷腦筋啊！」

幸代姐說完停頓半晌後，下定決心開口。

「所以，不好意思啦！朱里。」

＊ ＊ ＊ ＊ ＊

幾天前，我在車站內的商店，站看完了關於本命的報導。

——【真樣座．上野真幸，與二十幾歲神秘美女同居？粉絲正迅速流失中。】

本命所屬團體並未禁止成員談戀愛，他在受訪時也曾表示過，自己很憧憬婚姻生活。

雖然這則報導硬是冠上偶像失格的烙印、激怒粉絲等字眼，但身為粉絲的我並未因為這種事發火。

倒是覺得被拍到戴著大墨鏡、拿著超市購物袋的他，那模樣有種難以言喻的違和感。

遠處傳來小孩的喧鬧聲，耳朵深處響起沸騰般聲音，傍晚時分的聲響分外入耳。

就快到本命說要ＩＧ直播的時間了。

我將買來的雞汁口味速食麵，裝進有點缺損的碗裡，四散的碎麵發出乾硬的聲響。

我都是一邊收看本命直播，一邊用餐，因為有他陪伴多少能增進食慾，所以會事先備好餐食。

還去了借本命推薦的電影，也會上YouTube觀賞他大讚有趣的藝人自拍影片。若是深夜的直播，一定要聽到他向大家道聲晚安後，我才心滿意足去夢周公。

發現自己忘了準備熱開水，趕緊用水壺煮水。

當我把雙腳伸進飄散陳舊氣味的暖桌時，IG直播剛好開始。

首先，映入眼簾的是本命臉部特寫。

「有看到嗎？」

本命對著鏡頭問道。

待鏡頭拉遠，瞧見身穿棉T、頭髮稍微剪短、有點害羞又一臉認真的偶像時，旋即湧入大批留言——

〔看到囉～〕

〔看得超清楚。〕

﹁好可愛喔！﹂

﹁看到了！﹂

﹁有跟上直播。﹂

本命在動，他現在在哪裡？本命正在窺看手機畫面。

﹁剪頭髮了嗎？﹂

我當然也留了言。

﹁今天是我的生日！﹂

當他看到這則留言時，眼神有些遲疑，慢了半拍才做出回應。

「哦，今天生日啊！生日快樂。」

﹁正在準備考試～﹂

﹁真幸，我找到工作了。﹂

﹁叫我由香。﹂

當這樣的留言開始大量湧入時，他剎時皺起鼻子露出一抹苦笑，但這表情旋即消失不見。

「這個？沒錯，就是可樂。我剛剛還叫了外送，壽司、沙拉，還有餃子囉！」

他高舉手上的保特瓶說道。

〈這樣會胖哦（笑）！〉

〈叫外送不是比較貴嗎？〉

〈很方便啊！我最近也會叫外送。〉

本命隻手托腮，盯著手機畫面，看眼神就知道他在思索要回覆哪一則留言。

那一臉放鬆模樣實在太可愛了，讓我忍不住螢幕截圖，還因為不小心拍到他閉眼，再次抓準時機截圖。

這時，突然瞧見他身後的沙發上，擺著靠墊與熊玩偶，這令我感到疑惑，咦？

本命曾說過，不曉得是否因為小時候參與演出的那個教育節目，人偶裝讓他內心有陰影。

——雖然不曉得是不是受那節目影響，但我到現在還是對人偶裝很抗拒，就連玩偶也是。

我從資料夾裡抽出一張題為「最棘手的事」，確實有寫這件事。

此時，手機那頭突然傳來門鈴聲。

「啊，送來了！等我一下喔！」

他邊說邊起身，隨即哐噹一聲，瞬間畫面劇烈搖晃，可能是立著的手機倒了，映著牆壁與窗外風景。

一會兒，只見他「喔喔」一聲，趕緊將手機放回原位。

「不好意思啦！」

一副突然被別人喚住，有點難為情似地說道。

當畫面彼端陷入沉默，戴著耳機的我聽到煮沸聲，而且愈來愈大聲，趕緊走到廚房一瞧，水已經沸騰溢出。

我趕緊關火，隻手拿著水壺將熱水注入碗裡，結果右手握著的手機差點滑落。

就在這時，回到鏡頭前的他難得咯咯大笑。

糟了！我竟然沒看到咧嘴大笑的模樣。很想倒回去重看，卻又想看同步直播，看來得重看才行了。

嚴格說來，直播影像多少會有時間差，但有別於剪輯過的ＤＶＤ或ＣＤ，即便是短短幾秒影像，總覺得畫面殘留本命的體溫。

我望向因為開暖氣而緊閉的窗戶，外頭的石牆從上方開始變黑，傍晚下起綿綿細雨。

回到鏡頭前的本命，正展示裝著炙燒鮭魚的餐盒，旋即又湧入好幾則留言。

〔吃這麼多，不會膩嗎？〕

「因為我只想用喜歡的食物滿足胃。」

他大啖著自己愛吃的食物，一臉認真地斷然回應，還極力忍住笑意似的大口咀嚼。

我在昏暗的客廳裡吃著口感還有點硬的麵條時，出現了同一個帳戶連續丟出的留言。

〔肯定是因為票房差，所以拚命討好粉絲吧！〕

〔可燃垃圾就該扔進垃圾桶啦！〕

〔會去這種傢伙的演唱會，真的是腦子有問題！〕

這樣的留言，就算不想看到還是映入眼簾。

明明本命以往遇到這種留言，多是面無表情地漠視，但此刻的他卻以比上電視、廣播時更加不耐的口氣回擊。

「不想來就不要來，省得造成別人的困擾。」

他放下了筷子，留言量迅速減少。

只見他一副身後沙發的靠枕才是自己目前最在意的東西，喬了好幾次位置後，喘了口氣。

「不過啊……下次就是最後一次了。」

他像是說出從內心深處擠出來的一句話。

我聽得一頭霧水，不斷迸出和我一樣不明白這句話是什麼意思的粉絲留言。

是因為直播時間差的關係嗎？還是又冒出抨擊他的留言？

「也許會被說怎麼在這種場合說這種事，但官網應該快公布了。總之，我就是想親口告訴大家。」

說完，響起本命扭開瓶蓋的聲音，他將可樂注入杯子後，可樂量降至標籤下方一帶。

「退團？不是只有我啦！是解散。」

〔蛤?!〕

〔？？？〕

〔等等、等等、等一下！〕

〔呃！〕

〔真的假的?!〕

留言量瞬間暴增，其中混雜著指責的聲音。

〔真幸大人還真是一貫我行我素啊！〕

〈雖然我是你的粉，但你也未免太自我了吧？其他成員很可憐吔！〉

〈至少要等官方發布吧……〉

〈別說這種會引起紛爭的話啦！快點解散就對啦！〉

「……有些話還是留到記者會上講吧！」

他確認一下時間後說道，接著沉默了片刻，瀏覽著以驚人速度不斷增加的留言。

「是啊！」

他平靜地喃喃自語。

我覺得這句話應該是針對某則留言。

「抱歉！之所以想先告訴收看直播的你們，是因為在記者會上沒辦法像這樣自然而然地說出來。做這種決定真的很可惡，對吧？如此一意孤行……」

〔是你一意孤行吧！〕

〔真不敢相信……〕

〔怎麼有一種被拋棄的感覺（笑）。〕

〔總之，明天有記者會，是吧？〕

〔哭哭哭！〕

〔太突然了啦！是叫人家怎麼接受啦！〕

「抱歉，我真的很任性。」

他苦笑地表示歉疚。

「但……你們應該能瞭解我的心情吧！謝謝你們一路陪伴這樣的我。」

馬上湧入一大堆吐槽留言。

我第一次從他口中聽到「這樣的我」，如此貶抑自己的說詞。

本命向大家道聲再見後，並未立刻關掉直播，而是盯著留言，好似等待什麼。

我也是明明想對他說些什麼，卻不知如何表達。

只見本命似乎捨不得結束似地深吸一口氣，結束了直播。

直播結束後，我才察覺雨停了。

❀　❀　❀　❀　❀

鳥兒劃破向晚天際，筆直飛向遠方，一動也不動的我望著消失在石牆彼端的鳥兒。

日光燈映在浮於高湯上的一圈圈油脂，碗邊沾附早已變色的麵條

——這是食物擱置三天後的光景。

一週後發臭，一個月後已融入周遭景色。

母親不時會過來看看我過得如何？幫忙打掃客廳與廚房，無奈不久又髒亂。

屋子裡堆滿東西，忘了自己赤腳走在地板上是哪時的事，腳底黏著沾上黑色鳳梨汁的塑膠袋。

感覺背部在發癢想洗澡，打算直接拿曬在竹竿上的內衣褲和睡衣。走到庭院時才察覺，變形竹竿上掛滿因為濡溼而顏色變深的衣物。

已經忘了搬來這裡後是第幾次發生這種事，明明知道什麼是驟雨和洗乾淨的衣物，兩者卻連結不起來。

就在我一邊擰著浴巾，心想看來得重洗才行時，發現不斷滴落的水聲遍響體內空洞，心情就像不斷落在草地上的水滴重量。

還要重洗真麻煩，索性全都擰乾就這樣擱著，自然會乾吧！

始終甩不開一股沉重感的我，搬到外婆家已經四個月。

想說找份工作，卻不曉得要做什麼。只好上網搜尋住居附近的公司有否徵人，無奈面試時被問到為何高中輟學，無法好好應答的我只有被淘汰的份。當然也有尋覓打工機會，但被問到同一個問題時，也是落得同樣下場，也就提不起勁繼續找工作。

我想買瓶可樂，想和本命一樣一口氣喝到容量降至標籤下方。

念頭一轉，隨手將手機、錢包塞進後褲袋，穿上薄羽絨外套，步出玄關。

街上行人熙來攘往，一心和嬰兒車比快的小孩子，晃著戴手套的雙手快步走著。反觀越是上了年紀的人，走起路來像是搬運重物似的小心翼翼。

下了斜坡，瞧見右手邊的咖啡館招牌〈COFFEE〉剛好亮燈，四周愈來愈昏暗。

我的錢包裡連買可樂的零錢都沒有，依稀聽見從國道旁便利商店的廣闊停車場，傳來貓叫聲。

我走向ATM，插入提款卡，思忖著：帳戶裡的錢應該不到三千日圓吧！這時，機器響起「請再輸入一次」的人聲。

可能是按錯密碼，遂再次慎重按下本命的出生年份……

「我不會再匯錢給妳了，妳自己看著辦。」

匯了三次錢到我戶頭，再也無法忍受的母親下了最後通牒。

「到底要打混到什麼時候？」

「別想我會匯錢給妳。」

「我這幾天過去找妳。」

叱責完的她，還不忘連珠炮地叨唸。

雖然這個月的匯款金額變少，但至少沒停止接濟。

在便利商店買了一罐可樂的我冷到聳著肩，站在吞雲吐霧的大叔旁邊喝了一大口。碳酸飲料的刺辣感在喉嚨裡逆衝，頓時覺得胸口起泡似的窒悶難受。

看來寒冷時節不宜喝冰涼的碳酸飲料啊！

陣陣菸味燻染我的眼角黏膜，迫使我停下喝可樂的舉動，定睛一瞧，只喝到標籤上方一點點。

本命變成一般人了。

要是在街上遇到我的話，請不要搭理，因為我已經不再是偶像了。要是真幸的話，應該會這麼說吧！

翌日白天，我從新聞聽到〈真樣座〉宣布解散的消息。

成員們全都穿得很正式，僅以各自穿著個人代表色的淺色襯衫，來告訴大家這不是一場道歉記者會。

每次閃光燈此起彼落時，真幸的瞳孔就會變成淺褐色，黑眼圈也很明顯。

成員們彎身行禮的姿態各異。明仁是深深鞠躬，真幸只是略略欠身，美冬和真幸一樣紅著臉，另外兩位則是嘴角像被繩子吊起似的上揚。

明仁接過麥克風起了頭。

「謝謝大家撥冗，參加今天這場記者會。」

隨即開放媒體的提問。

我也打開了筆記本，先標上黑點，方便逐條紀錄。

記者會進行到下一階段，他們表示這是所有成員會商後，所做出一個對大家都好的決定。

我不停地聽寫，卻聽不出背後隱藏的真相。

間隔坐在長方形白色桌子後方的五個人，輪流依序發言，現在正輪到真幸。

「……我，上野真幸，藉由這次的解散宣言，同時宣布退出演藝圈。今後無論是在哪裡相遇，我既非偶像，也不是演藝人員了。倘若大家能視我為一般人，靜靜守護，將是我的榮幸……」

本命的發言一如料想，毫不意外。

反倒是他左手無名指戴的銀色戒子，令我震懾不已，看他毫無遮掩的意思，或許是想默默地宣告什麼吧！

我的耳邊還殘留著本命脫口而出「我」這個第一人稱的違和感

時，記者會就落幕了。

關於解散一事、告別演唱會、還有本命疑似結婚一事，在社群網站上鬧得比上次醜聞事件還喧騰，「本命結婚」成了熱門話題。

「等等、等等、這是怎麼回事？」

「美冬好像無法接受呢！好可憐喔！」

「看到本命的幸福笑臉，很想祝福，但我還是哭個不停。」

「不會吧?!那枚戒子不是一般飾品吧！」

「我很想裝作若無其事地去參加婚禮，包個百萬紅包後瀟灑離去。」

「突然宣布解散，是因為這個人的緣故？」

「退出演藝圈啊～好樣的。」

「不覺得太欺負粉絲了嗎？？？也不想想為了你，我們貢獻了多少錢？？？蛤？？至少也要瞞得漂亮一點嘛？？？？」

「某個可燃垃圾的種種惡行↓毆打粉絲，鬧得沸沸揚揚！」

「退出演藝圈的爆炸性宣言。」

「解散記者會上疑似爆出喜訊。」

「聽說遭其暴力相向的對象是粉絲，挺他的粉絲也真盲目。」

「我難過到吃不下東西，為什麼連明仁也被捲入？不要那麼任性說要結婚就結婚啦！」

「哇，恭喜啦！很棒的消息啊！」

「原本就是鐵粉的朋友說，就算解散了，只要瀨名繼續留在演藝圈，這也OK啦！～＾＾我說還不都是因為你的本命，害我以後看不到我的本命。」

「迷妹們，現在要是一命嗚呼的話，搞不好可以變成真幸的小

孩。來世再相會喔！〉

〈聽說被毆打的女人是粉絲？真的假的？〉

感覺自己好像從動個不停的大拇指前端，被硬是拖進終端機，在聲波裡載浮載沉。

不由得想起自己放學後去看本命參與演出的電影試映會時，在澀谷迷路的回憶——

一直聽到球鞋、皮鞋、高跟鞋等各種形狀的鞋子，踩在一路綿延無盡、繪著同樣花紋的髒汙地磚，與導盲磚的聲音。

人的汗水與手垢，在隔間柱與樓梯邊緣留下痕跡，好幾個長方體連結起來的車廂裡，充斥人的呼吸。

我被人潮推上手扶梯，就這樣跟著往上升到有如剪貼加複製而成、層層堆疊的高樓大廈裡。

人們就在如此機械式的反覆模式中活動著。

每一則貼文都被四方框圈著，就連圓圓的頭像都被裁成同樣大小，用同一種字體祝福、宣洩情緒。

無論是我的貼文還是我這個人，都只是其中一部分。

呆掙不動的我，像是被人突然從後面碰撞肩膀一般，視線停留在某則貼文上。

〈哇，住的地方被肉搜出來了！〉

猶如那個撞人傢伙的背影，這貼文看起來格外顯眼。

我旋即像著魔似的點開進入討論區的連結。

事情的開端是幾個月前，某個宅配員送貨到府時，赫然發現應門簽收的人是上野真幸。雖然他馬上刪除這則貼文，卻早已被人截圖流傳，還從這位宅配員的其他貼文推敲他住在哪一區。粉絲甚至從昨天直播時瞬間入境的窗外景色，鎖定本命居住的大樓。

在他希望被視為一般人，靜靜守護這番話後，卻被肉搜出這樣的事還真是倒楣，看來勢必會有粉絲守候在他家門口。

倘若本命和交往對象同居的話，那麼不只他，那個人可能也會成為被攻擊的目標。

從昨晚到今天接收到的各種情報，都讓我毫無實感，直到現在還是只能用這副軀殼接受，傷痕累累地承受失去本命的衝擊。

總之，現在的我只能痛徹心腑地傾注一切。

追星是我活下去的動力與意志。

因此，我決定在本命的告別演唱會，獻上自己擁有的一切。

❀ ❀ ❀ ❀ ❀

狂風呼嘯，一早就天候驟變，促使被混凝土牆包圍的建築物內部，昏暗又潮濕。

雷聲轟鳴，白光照得牆上裂痕、水泥表面的氣泡痕跡無所遁形。長龍般排隊人潮的盡頭是洗手間，一進去便瞧見掛著鏡子的白色空間，聚集著各種顏色。綠色蝴蝶結、黃色連身洋裝、紅色短裙……

一個女人哭得眼角紅紅的，正對著鏡子撲粉並塗上藍色眼影。我與補妝的她視線恰巧對上，就這樣瞅著她看，直到按照工作人員的引導走進個間。

披散及肩的髮絲末端還殘留著興奮感，這股抗奮在耳後舒爽、溫暖的快速流動著，促使心跳加劇。

從上半場一開始聽到本命嘶吼帶動氣氛的瞬間，我便聲嘶力竭地高喊他的名字，成了只追隨他的存在。

每一分、每一秒，和他一樣高舉拳頭，又吼又跳。

本命那令人沉溺的氣息聲，傳至我的喉嚨，好難受！

光是看著映在大螢幕上汗水淋漓的偶像，我的側腹也跟著噴汗。

全心全意追星一事，喚醒了自我。

我放棄了什麼？為了生活逼著自己做過什麼？也是他牽引出我曾被摧毀了什麼？

正因為如此，我想解讀本命，想瞭解這個人。

確實感受他的存在，也讓我感受到自己的存在。

好愛本命那躍動的靈魂，拚命追上他似的舞動著，我的靈魂也是如此可愛。

喊出來吧！喊出來吧！本命用盡全力向我們傳達這意思。

我張口大喊，彷彿被捲入漩渦的東西突然被釋放，擊潰周遭一切，有如賭上我這條難搞的命一般，拚了命地喊叫。

上半場最後一首歌，是本命的個人單曲。

只見他在一片波光粼粼藍色海底般的光海中緩緩浮現，左手指腹按著吉他絃，那枚銀色戒子猶如聖物般發著白光。

連在這種場合都沒摘下來，還真符合本命的作風。

當他開始像口白似的唱歌時，我才驚覺這男孩已是成熟大人。其實明明早就是，我卻到這一刻才理解。

嘶吼著不想長大的他，像是愛憐著什麼，先是輕柔撥絃，旋即又變得激烈。

本命在加進來的鼓聲、貝斯催化下，引吭高歌，詮釋方式與好似在壓抑什麼的CD版本截然不同。

這是偶像在一波波藍色光海、吸取我們的呼吸、現場高漲的氣氛下，瞬間從他的紅脣唱出來的歌。

感覺像是初次聽到這首歌的我，只覺得閃一片藍色光海、容納著好幾千人的巨蛋，異常地狹窄，而偶像正用溫暖的光包覆我們。

坐在馬桶上的我頓覺背脊發涼，這種感覺就像大汗淋漓或泡完熱水澡後，身體急速變冷一般，亢奮過後寒意倍增。

躲在女廁個間的我，每每想起五分鐘前的事，便覺得有股至今從未感受過的暗黑寒意，從體內遍響全身。

結束了。明明那麼可愛，如此惹人憐愛，無奈一切都結束了。

洗手間的四堵牆將我與外面的世界隔絕，方才過於興奮而痙攣似的內臟，一個個逐漸凍住。

當這種感覺沁透脊柱時，我在心裡大喊著「住手」，喊了好幾次，卻不曉得自己到底對著什麼而喊。

住手！不要奪走我的脊柱。要是失去本命，我真的沒辦法活下去，因為我無法認同自己。

有如冷汗的淚水不斷滑落的同時，一陣愚蠢聲響，尿液滴落。好落寞！無法忍受的落寞感促使雙膝顫抖。

方才那個藍色眼影的女人，站在洗手間出口滑著手機。明知她直盯著手機畫面，我卻還是很在意她的目光，將包包挾在腋下，快步走回座位。

塞在包包底部的手機啟動了錄音功能，只想趕快回到氣氛嗨到極致的演唱會現場，想讓本命的歌聲永遠在我心中迴響。

一想到看完最後一刻，手邊就什麼也不剩了，實在不曉得今後該如何活下去。

不再追星的我不是我，失去本命的人生只是餘生。

❀❀❀❀❀

@akari_masaki

我想，大家應該都知道了。

前幾天的最後一場東京公演結束後，我們的本命，也正式退出演藝圈。

因為宣告得太倉促，老實說，我也一時無法接受。

雖說如此，一路經營部落格的我，心中有很多感觸，所以想趁自己還清楚記得他的身姿時寫下來。

那天，我穿著最喜歡的藍色碎花連身洋裝，繫上藍色蝴蝶結，以百分之百的應援穿搭，朝聖「本命・上野真幸」的告別演唱會。

因為天候冷颼颼，就算穿著藍色外套，看到真幸的代表色藍色時，還是覺得好冷，真是傷腦筋。

此外，因為演唱會堪稱鐵粉群聚大會，所以開往會場的電車上，滿是一看就知道是同好。穿著各種顏色的女孩子們，讓人不禁莞爾。

搭頭班車到會場的我，赫然發現周邊商品販售區早已大排長龍。

買了數量限定的手燈、演唱會毛巾、大阪公演的一整組帥照，還有之前沒買過的連帽外套、T恤、藍色護腕、帽子等。

宣布解散時，就已經入手的精選專輯，卻因為會場版有限定特別贈品，猶豫再三後還是買了。

就這樣，過了幾個鐘頭後，開放入場。

明明沒人在乎，我還是去了好幾次洗手間補妝。

舞臺上垂掛著五色幕，代表明仁的紅色、真幸的藍色、冬美的黃色、瀨名的綠色、美奈姐的紫色。

因為准許拍攝，所以我也拍照留念。布幕下方還有他們的親筆簽名，不曉得大家有沒有注意到呢？

我們最重要的本命，不用說啦！實在太炫目了。

從左邊數來第二個降落在舞臺上的他，一身藍色魚鱗般的閃亮勁裝，宛如天仙下凡。

當我用望遠鏡追著本命身影時，整個世界及眼中就只有他。

被汗水濡濕的臉頰如此緊實，銳利眼神斜睨前方，搖曳髮絲遮掩太陽穴，活生生的站在我面前。

本命還活著！

右邊嘴角上揚的他，露出壞壞的笑容，一站上舞臺就不會緊張的猛眨眼，還有完全無視重力的輕快舞步。

我追逐著偶像的身影，感覺從骨髓開始灼熱，心想，這是最後一次欣賞本命的演出。

@akari_masaki ——————

現在是半夜三點十七分。

體內充斥著有如海水倒灌的洞窟裡，不時響起詭異聲響的不舒服感，也有點像是餓過頭後，那種不斷翻攪胃部的疼痛感。

搬家時，一起帶過來的本命大頭照，顯得格外蒼白，竟然覺得那輪廓看起來好陌生。

初次感受到本命從我的世界消失了。

就某種意思來說，所有照片彷如遺照。

想起以前去九州親戚家時，吃了供奉在佛壇上的橘子，而吃壞肚子一事。

當時我坐在剛更換過還有股新草味的榻榻米上，咬了一口親戚阿姨幫我剝的橘子，頓時有種橘子汁連同白色塑膠袋滑進喉嚨的感覺。

可能是因為一直供在佛壇上的關係，橘子早已沒了酸味，甜膩到失了口感。要是不當作供品，直接拿來吃的話，肯定更好吃。

「供品什麼的，一點意義也沒有啊！」

我不由得脫口而出，卻忘了阿姨那時如何回應。

不過，讓我初次認同供品存在的意義，是在本命生日當天，買了蛋糕慶祝。

我抱著像在吃供品的心情，咬著插在鮮奶油擠花正中央、繪著本命肖像的巧克力牌子。

原來買東西當作供品一事是有意義的，吃的時候有種來自別人餽贈的感覺。

偷偷錄音的結果，就是只錄到尖叫歡呼聲、雜沓的腳步聲，哭喊聲淹沒一切，只依稀聽到混濁不清的歌聲與音樂。

早知如此，乾脆大大方方地錄影算了，真是如意算盤打錯了。

從那時開始，我就像個無法超渡成佛的鬼魂般晃蕩度日。微暖的暗夜，有股腐臭味，我起身喝水。冰箱發出像是耳鳴的金屬聲，聽起來格外大聲了好幾倍，顯得周遭更加靜謐。

我打開手機，即便照著臉部的畫面白光十分強烈，但侵吞庭院、走廊的夜晚更勝一籌。

我打開能將昏暗與光的交界線往外推的電視，開啟始終放在機器裡的DVD，快轉至本命高唱個人單曲的五十二分十七秒處——張開沒拿麥克風的那隻手，低著頭的畫面——按下靜止鍵。

我在寫部落格用的筆記本記錄著——

本命那劃破白霧、用力踩在舞臺上的腿部肌肉，十分結實，絕對沒萎縮。腿部肌肉隨著他的各種動作，顯得更結實。汗水促使綴飾在脖子一帶的藍色羽毛翹了起來，胸部在鑲邊銀粉的反射下微微起伏。為了真正的靜止，必須繼續呼吸，繃緊神經。

看完影片後，天色已亮。

我並非以眼睛瞧見的光來判斷，而是以理應沉浸於夜晚的身體，竟然有浮起的奇妙感，來確認黎明的來臨。

我思索著一度沉溺與死亡打交道的人，為何還能自然浮起？

我刪除筆電螢幕上「我想這是最後了」這排字，又逐字刪掉「不敢相信這是最後」這一句。

沒有靈感時，最好的紓壓方式就是散步。

我只拎了小包包便出門，蔚藍晴空的藍色在眼瞼內側忽明忽滅。

一如往常用耳機聽著本命唱的情歌，走向車站，感覺只要這麼做，哪裡都能去。

疾駛而過的電車呼嘯聲掩沒歌聲，藍色球鞋的鞋尖踢到導盲磚，差點被絆倒。

我坐在沒什麼乘客的電車上，看著他的帥照、聽著他的歌聲、瀏覽他的訪談，這是大家曾經擁有的那個本命。

轉乘幾次電車，總算到了這個車站，接著換搭公車。

不知是車速過快，還是自己的身體狀況不太好，不停震動的車身促使空蕩的胃晃得厲害，光是看到藍色座位就讓我噁心想吐，只好靠著車窗小憩。

公車行經商店街，穿梭在一棟棟商務旅館之間。車窗外的紅色郵筒旁，好幾輛自行車纏繞在一起似的密集停靠。

我的眼睛追逐著彷彿被烈日曬得疲倦的深綠行道樹，感覺眼球頻繁地轉動，我再次閉眼。

車窗玻璃震得頻頻撞擊我的臉頰，被逼著微微睜眼好幾次，從眼瞼縫隙望見色彩鮮豔的藍天。

我想，藍色已經烙印在眼底。

「終點站到了～乘客請下車～請下車～。」

我聽到司機毫無抑揚頓挫的廣播聲，趕緊打開小包包找車票。正要掏出錢包時，指甲被胸章的別針輕輕劃到。

司機一副並非針對我，而是對著除了我沒有其他乘客的車廂廣播，催促著我趕快下車。

就這樣被趕下公車的我，用力撐住因為顫抖而站不穩的雙腳，腦中浮現盂蘭盆節時，用來串茄子與黃瓜的牙籤*5。

公車駛離後，有種被遺棄在住宅區的感覺。

我坐在原本應該是藍色的褪色長椅上，一邊用左手遮住刺眼陽光，一邊放大地圖APP，確認所在位置後起身。

一走近下水道，便聽到流水聲，再走了一小段距離後，還是有傳來流水聲的下水道。

耳邊響起用力推開防雨板的聲音，瞧見那戶人家的窗邊，擺著枯萎的觀葉植物，窺見躲在白色汽車下方的貓兒，正低頭瞅著我。

又走了一會兒，街道漸漸變窄，出現地圖APP沒顯示的路，還有死巷。

總覺得就算地圖沒顯示，只要穿過這裡就能抵達目的地吧！

毫無把握的我，走過從車庫開出來的車子旁邊，踏著空地的野草，來到公寓下方放置腳踏車處時，視野突然開闊起來。

＊注5：精靈馬，是日本中元節祭祀祖先時所準備的一種祭品，以綠色小黃瓜和紫色短茄子作為馬和牛的象徵物，用意為替祖先備妥交通工具。

河水潺潺，生鏽護欄沿著河邊一直延伸。我走了一會兒，手機突然震動，通知已抵達目的地。

護欄沒了，一棟大樓矗立在河的對岸。

外觀非常普通的大樓，雖然無法確認大樓名稱，但應該就是被網軍肉搜出來的那棟建築物吧！

不曉得來這裡做什麼的我，只是怔怔地站著，眺望那棟建築物，也沒想要見到他。

右上方房間倏忽傳來拉開窗簾的聲音，通往陽台的落地窗被開啟，一個留著鮑伯頭的女人，抱著待洗衣物踉蹌地走出來，貌似扶著欄杆，喘一口氣。

我們的視線似乎對上，嚇得我趕緊別過臉，假裝偶然經過這裡似的邁開步伐，然後逐漸加快腳步，逃離現場。

我不曉得他住哪一間，也不在乎那女人究竟是誰，要是本命不住在那裡，那他們就毫無干係。

其實真正傷害我的，是她抱的那一籃待洗衣物。

比起我房間裡一大堆本命的資料、照片、CD，還有拚命收集的大量周邊商品；光是一件襯衫、一雙襪子，就能讓我感受到一個活生生之人的現況，正視有人可以近距離繼續看著他卸下光環後的事實。

我不再追了。因為無法一直看著、繼續解讀不再是偶像的他。

本命已然成了一般人。

他為何毆打傷人呢？我一直規避這問題，但規避的同時，又掛念著這件事。

即便如此，也不可能從外頭窺見那棟大樓的某一間，就能瞧出個究竟吧！

那時的他並未試圖解釋什麼，那斜睨的雙眼並不是看向記者，而是看著除了他與女友以外的所有人。

我跑著、跑著，眼前有處墓地。

墓碑在陽光照耀下，穩穩佇立著。

途中發現的小屋水溝旁，擺放了掃帚、水桶和杓子。莖被切斷的供花支離四散，還有股新傷味兒，好似在外婆病房嗅到的褥瘡味。

我突然想起外婆火葬時的情景。

人在燃燒，肉在燃燒，化成骨頭。

外婆硬要母親留在日本時，母親好幾次埋怨她老人家自作自受，並細數著她當初是如何遭外婆苛待，泣訴外婆事到如今才想挽留女兒，根本是自作孽，自食苦果。

削肉化骨，追星一事，應該是我的業。

窮盡一生只想追星，縱然如此，我死後卻無法為自己撿骨。

我迷了好幾次路，還搭錯公車，更差點搞丟車票，當走到最近的車站已經是下午二點了。

回到家的我，還是得面對隨手亂扔四散一地的衣服、髮圈、充電器、面紙空盒與內裡外翻的包包。

為什麼我就不能像一般人那樣生活？

為何就不能過著人類的最低限度生活呢？

原來我打從一開始就想弄壞、弄散一切，不是嗎？

就算活著，也只能活得像個老舊廢物。

只要活著，我家就會逐漸分崩離析。

他為何毆打傷人呢？

是想親手毀了自己最重要的東西嗎？

不知真相為何，也永遠無從得知。

然而，我覺得自己和他在更深層的地方相繫著。

促使他將壓抑在眼裡的力量噴發出來，忘卻五光十色的舞臺；試圖破壞什麼的瞬間，跨越了一年半在我的身體各處蔓延開來。

不知何時，我和他的身影重疊，感受著兩人份的體溫、呼吸以及衝動。

腦中浮現影子被狗兒撕咬，不停哭泣的十二歲少年。

一直以來，從出生到現在，覺得自己的肉身既沉重又恍惚。如今，隨著不停顫抖的肉身，我想毀滅自己。

因為不想看到自己變得糟糕至極，所以想親手毀了自己。

我看向桌子，視線停留在一盒棉花棒上，猛然一把抓起，高舉，腹部使力，脊柱上抬，深吸一口氣，視野瞬間染上一片膚色。

高舉的手像要宣洩一直以來對於自己的怒氣、悲傷一般，用力往下一砸……

塑膠盒哐咚一聲摔落地上，棉花棒四散。

烏鴉啼叫。

我就這樣望著整個房間有好一會兒，從緣廊、窗戶射進來的陽光照亮了整個房間，不是正中央，而是整個房間。

這是我一路生活過來的證明。無論是骨頭還是肉身，一切都是過往的我，那個差點要被我扔掉的我。

隨手擱著的杯子、盛著湯汁的碗、遙控器……視線掃過一遍後，選了收拾起來比較輕鬆的那盒棉花棒。

笑意有如氣泡般竄升，旋即消失。

我低頭跪著撿棉花棒，像撿骨似的仔細拾起散落一地的棉花棒。

撿完棉花棒之後，還得收拾發霉飯糰、可樂空瓶。

我瞧見前方還有好長、好長一段路。

我想，匍匐前進就是我的生存姿態。

畢竟現在的我似乎不適合雙腳步行，所以暫且這麼活下去吧！

身體無比沉重的我，繼續撿棉花棒。

（全書完）

本命，燃燒

作　　者　宇佐見鈴 Rin Usami
譯　　者　楊明綺 Mickey Yang
發 行 人　林隆奮 Frank Lin
社　　長　蘇國林 Green Su

出版團隊

總 編 輯　葉怡慧 Carol Yeh
日文主編　許世璇 Kylie Hsu
企劃編輯　許世璇 Kylie Hsu
責任行銷　姜期儒 Rita Chiang
封面設計　許晉維 Jin Wei Hsu
版面構成　譚思敏 Emma Tan

行銷統籌

業務處長　吳宗庭 Tim Wu
業務主任　蘇倍生 Benson Su
業務專員　鍾依娟 Irina Chung
業務秘書　陳曉琪 Angel Chen
　　　　　莊皓雯 Gia Chuang
行銷主任　朱韻淑 Vina Ju

發行公司　精誠資訊股份有限公司
　　　　　悅知文化
　　　　　105台北市松山區復興北路99號12樓
訂購專線　(02) 2719-8811
訂購傳真　(02) 2719-7980
專屬網址　http://www.delightpress.com.tw
悅知客服　cs@delightpress.com.tw
ISBN：978-986-510-206-7
建議售價　新台幣350元
首版七刷　2024年04月

國家圖書館出版品預行編目資料

本命，燃燒／宇佐見鈴 著；楊明綺譯.
-- 初版. -- 臺北市：精誠資訊, 2022.02
　面；　公分
ISBN 978-986-510-206-7 (平裝)
861.57　　　　111002090

建議分類｜文學小說・翻譯文學

dp 悅知文化
Delight Press

線上讀者問卷 TAKE OUR ONLINE READER SURVEY

之所以能夠
活下去，
全是因為「本命」。

——《本命，燃燒》

請拿出手機掃描以下QRcode或輸入
以下網址，即可連結讀者問卷。
關於這本書的任何閱讀心得或建議，
歡迎與我們分享 :)

https://bit.ly/3Gc2io6